Illustration／結川カズノ

美人の姉が嫌がったので、どう見ても姿絵が白豚の次期伯爵に嫁ぎましたところ

My Happy Future Plan

3

〜幸せの未来予想図〜

真波潜

Illustration
結川カズノ

Characters

ミモザ・シャルティ

読書と刺繍が趣味で気弱な性格。姉と母親に虐げられていたが、シャルティ家の人々に大歓迎され、徐々に自信を取り戻していく。

パーシヴァル・シャルティ

ミモザの旦那様♡　姿絵は幼少のころのかなりふくよかなものだったが、美しい青年に成長。ミモザを溺愛していて、その可愛さによく意識を失う。

アレクサンドラ・シャルティ

伯爵夫人。ミモザの義理の母にして、憧れの作家アレックス・シェリル。ミモザを可愛がり、おしゃれや社交界で生き抜く術を優しく教えてくれる良きアドバイザー。

メディア・ロレアンス

伯爵令嬢としての、品性、品位、立場をわきまえている。社交界でも注目されている美人な女性。最初ミモザを嫌っていたが今では大親友。

Story

美人の姉の代わりに伯爵家へ嫁いだミモザは、
格好よくて可愛い最高の旦那様パーシヴァルに溺愛され、
頼もしい義理の母・アレクサンドラに導かれ、
お洒落や社交活動を頑張る日々。
そんな中、ミモザに王妃様からお茶会の招待状が届く。

そこで王太子に遭遇したミモザは、「側室になってくれないか？」と告げられる。
しかしミモザは自分の力でその難局に立ち向かい、
パーシヴァルもまた、武闘大会で王太子との試合に勝利をおさめた。
互いに愛情と信頼を深め合った二人は新婚旅行へ旅立つ。
向かった先はミモザが大好きな小説の舞台となった場所だった。

幸せの未来予想図

My Happy Future Plan

プロローグ

天井から降り注ぐシャンデリアの光が、眩《まぶ》しいくらいにホールを満たしていた。

クリスタルに幾重にも反射した一つ一つは小さな燈火に、壁面に描かれた菖蒲《しょうぶ》が艶《なま》めかしい花びらを輝かせている。

通常、こういった夜会のホールは壁に鏡を誂《あつら》えることで広さや明るさを増しているが、このホールは変わっていた。

壁一面の菖蒲を鑑賞しながら歓談に勤しむ人たち、ホールの真ん中で手を取り踊る人たち、篝火に照らされた夜の庭園へ足を向ける人たちと、各々好きに過ごしている。

集められたのはこのボルグの領館に何かしらの思い出がある方々なのだろう。初めての出会いに瞳を輝かせる年若い貴族よりも、その親世代そのまた親世代の方が多い。知己と親交を温め直すような穏やかな空気になっていた。

今の私は休憩中で、ちらりと隣に立つ旦那様を見上げた。

私の旦那様であるパーシヴァル・シャルティ様は、シャルティ伯爵家の次期伯爵であり、近衛騎士団に所属する騎士だ。

普段は王都の屋敷で現伯爵夫妻と共に楽しく暮らしているのだけれど、今は新婚旅行のため、馬車で数日の距離にあるボルグ領の領館に滞在している。

近衛騎士団の一人として今後忙しくなるだろうということで、先日行われた武闘大会優勝の副賞として王家直轄地に招待されていた。

優勝したことで階級が上がり仕事が増えていくことになるからと、王妃様とお義母《かあ》様は新婚旅行中の私たち二人を、この直轄地であるボルグ領、領館の建設100周年記念のパーティーに参加させてくれた。とはいえ、ここに来てからパーティーがあることを知らされたのでとても慌ただしかったのだけれど。

パーシヴァル様は春の陽射しのような金髪に、同じ季節の青空を彷彿《ほうふつ》とさせる青い瞳の美しく逞しい騎士様だ。初めて出会った時、お見合い用の姿絵とあまりにも違ったので気付くことができなかった。

お見合い用の姿絵には、シャルティ伯爵家で代々行われている体づくりの伝統により、健康的にまるまると肥った姿が描かれていた。騎士になるため王宮にあがる前に描かせたものだったと後できいたけれど、白豚、と何も知らなかった私は心の中で思っていた。健康そうだけどまるまるとしているなぁ、という率直な印象が、その言葉だったのだ。蝶ネクタイが可愛かった。

しかし、本来そのお見合いは私、ミモザ・シャルティ……当時はノートン子爵の次女だったので、ミモザ・ノートン……の美人な姉にきたお話だった。

姉のカサブランカは姿絵を見て私にお見合いと婚約者の立場を押し付けて……色々あって現在は実母と共にノートン家から籍が抜けている。

ノートン子爵家での私は部屋に引きこもって刺繍《ししゅう》と読書の世界に逃げ込むようにして生きていた。背中を丸めて、髪も整えなかったし、お洒落にも興味がなく、ろくに人と話さないのでうまく話すことができないでいた。

けれど、婚約を機に外に出て、シャルティ伯爵家で自分を変えることになって……たくさんの人が、私を変化させてくれたのだ。

デビュタント以来出なかった夜会にも参加したし、お茶会にも積極的に参加したり、開いたりしている。

家の中で追い詰められるように自室に籠《こ》もっていた私にとって、忙しくめまぐるしく、それでもとても充実した日々だ。

顔が広く明るいお義母様のおかげで王妃様との交流もできた。他にも、読書を介して初めてのお友達も、そのお友達を通じて、私の刺繍のように何かを作ることを趣味にするお友達もできた。

パーシヴァル様のお義母様である、シャルティ伯爵夫人。彼女は私が大好きな作家、アレックス・シェリル先生だったのも、私の世界が一気に広がるきっかけだったと思う。むしろ、この結婚に至る大きな理由がそれだった。

他にも本当に、一年間色々とあって……今、私はパーシヴァル様の隣にいる。背中はもう丸めていない。

「パーシヴァル様、素敵な夜会ですね」

感嘆の吐息にのせて告げた言葉を、隣にいるパーシヴァル様をしっかりと見上げて告げる。

「そうだね。……ミモザ」

少し視線を下げてこちらを見る春の青空の瞳は柔らかく、私も微笑《ほほえ》みを返す。

「君も本当に素敵だ。本当に、温かな光の中のミモザは、春の妖精のようだね」

「パ、パーシヴァル様……その、ありがとうございます」

蕩《とろ》けるような笑顔で、春の日向のような声で、そんな風に素敵な旦那様に褒《ほ》めてもらえる。くすぐったいし恥ずかしいしで、思わず顔に血が上った。可愛いと言ってもらえるように頑張ろうと決めて一年ほど、未だに、私はその言葉や視線に顔が熱くなる。

同時に、嬉しさが体の奥からこみ上げてきた。パーシヴァル様の妻になって、私は自分の見た目や所作にも気を遣うようになって。

それらがちゃんとパーシヴァル様に通じているというのが嬉しい。元より私の見た目じゃない部分を気に入ってくれていたけれど、その後、頑張った分もちゃんと好きになってくれているのだと実感できる。

誰だって、言葉や態度で示されなければ分からないし、示されれば嬉しいのだ。

「パーシヴァル様、こうして一緒に新婚旅行に来られたことが、本当に嬉しいです」

「私もだ。伴って夜会に行く機会は減ることになるけれど、だからこそ今日のミモザをしっかりと目に焼き付けておかないとね」

「……パーシヴァル様の素敵な盛装姿を、しっかり目に焼き付けておきます。でも、騎士の制服も素敵です」

パーティー会場でお互いだけを視野に入れて会話していた私達の近くで、ウオッホン、という咳払いの音がした。

はっと気付いたが、周囲にいる人たちが少しばかり気不味《きまず》そうにしている。今日のパーティーはボルグ領の領館建設100周年記念を祝う場なのだ。王都でやるような、貴族の子息や令嬢の婚約者探しであったり、商売における情報交換や人材交流の場だったりではない。

それなりに成熟した紳士淑女が主たる場で、私とパーシヴァル様は少々……いちゃつきすぎたようだった。たぶん、多少のいかがわしい雰囲気になるのかもしれない、と恐れられたのだろう。

(……そういうことには、ならないのだけれど)

浮かんできた思考に、胸が小さく痛む。今考えることではないので横に押しのける。

赤くなって視線を外しあった私とパーシヴァル様は、その後そろりとお互いの顔を覗《のぞ》き見て、二人とも耳まで赤くしていることに小さく笑った。

まだ目元に赤みが残るなか、もう一曲踊ろうか、と誘われたので、喜んで手を取ってホール中央に進み出た。

◇◇◇

夜会も落ち着きを見せた頃、澄んだ高い音が会場に響いた。音がした方向を見ると、エドワード様がグラスと華奢《きやしゃ》なカトラリーで鳴らしたようだった。

エドワード様はボルグ領で領地の管理をしている国所属の文官で、まだ年若い男性だ。紫紺の髪を長く伸ばし、今日は全て後ろに流して一つに括ってある。目がとても細く、いつもにこにこしているような顔つきだが、ぱっと見ただけでも顔立ちが整っていると分かる。

平民なのだそうだけれど、堂々とした立ち居振る舞いに今日は盛装姿で、知らなければ貴族だと思って疑いもしなかっただろう。

隣国に接したこの領地の管理をしていて、貴族や隣国の人間と接するのにも慣れているからだろう。それに、とても張りのある声をホールに響かせているので、余計に堂々として見えた。

「皆さま、本日はお集まりくださりありがとうございます。ご招待させていただいた方々が揃い、親交を温めるのに充分な時間を設けましたので、ここで王妃様から賜《たまわ》ったお言葉を読み上げさせていただきます」

近くに控えていた使用人が盆を捧げて差し出すと、エドワード様がそこに載った一枚の紙を手にとり読み上げはじめた。

「今日の夜会は楽しんでくれているだろうか。知っての通り、このボルグは隣国と接する立地上、国が管理している領となる。正式な布告は近々行うとして、今後その隣国アズマテリアと我が国クロッカクスとの間で知識と技術、文化の交流、交易が盛んになる予定だ。翻訳した書籍のやり取りのうちに、互いの文化芸術への理解も深めていく。そのための様々な整備を行っているのが現在である。そのうちの一つに、この領地、及び領館を交流の拠点の一つとする計画がある。これからはこの国に他国の人間が一層訪れることになるだろう。よって、隣国からの玄関となるボルグの地の所有は王家のまま、この地を我が国の窓口として改めて開くため人員や役職も整備していく。おそらく、管理官は現在のまま勤めてもらうことになるだろう。この領館も歴史はあるが、新しい交流の拠点とするには少々古い。手を入れることになる。五年計画、十年計画となる話ではあるが、今日までこの地を慈しみ、交流の地としていた皆に感謝と共に先に報《しら》せる。今後ともこのボルグをよろしく頼む。……以上となります。また、私もこの件につきましてはこれ以上の情報を持ち得ません。領地管理官として言えるのは、今後この地はますます豊かに発展していくことだろう、ということだけです！」

わぁ、と会場からは喜びの声と拍手、少しの戸惑いの声があがった。急に外国との交流のためにこの土地が開かれる、整備される、と言われてもピンとこなかったり、防犯上の心配をする人も出るだろうし、当然のことかもしれない。

新しいことは、もろ手を上げて歓迎されるばかりではない。それでも、喜ばしいことだと思う。

私とパーシヴァル様は嬉しい方だ。一緒に拍手をし、王妃様のお言葉に歓迎の意を示した。

歓迎と戸惑いに熱気を帯びた会場で、私たちは再びグラスを手に、ボルグと我が国の発展を願って乾杯をしたのだった。

1　ボルグ、思い出の地

My Happy Future Plan

「ミモザ様、お客様がお待ちです」

私付きの侍女であるルーシアが、何かを噛みつぶしたような顔で告げた。何か、が何なのかはちょっと分からなくて、じっと顔を見てしまう。

ここは新婚旅行に訪れているボルグ領の領館で、私とパーシヴァル様は王都を離れて現在ここに滞在している。

昨日の夜会には最後まで参加し、来客の見送りなど主催者側の手伝いもして、お風呂に入ってすぐに眠った。

準備も慌ただしかったし、もう眠くて仕方がない、というくらい疲れていて、ベッドに入った後の記憶がない。パーシヴァル様はそんな私のことを見越してか、朝はのんびりと一人で過ごしていた。

ぐっすり眠り、起きて、身支度をして朝食をいただき、今日は何をしようかしらとパーシヴァル様に相談する前に考えていて、そこに来客の報せが届いたのが今。

「お客様……？　何か伺っていたかしら」

「いえ、あの、突然いらしたと……」

歯切れが悪い。

ルーシアはかなりはきはきと物をいう明るい性格だ。侍女としての役割はしっかりこなす有能な女性でもある。

このように、苦虫とまではいかないけれど、卵の殻でもうっかり噛んでしまったような顔で、歯に物が挟まったようなことを言うのは相当珍しい。

何度か瞬《まばた》きをしてから少し逡巡して尋ねる。

「……急いだ方がいいのね？」

「ええ、できるだけ。早急に。今パーシヴァル様も呼ばれているはずです」

「分かったわ。髪型やお化粧だけ少し直してくれる？」

「はい、もちろん」

ゆっくりと眠ったものの、ここは家ではない。それに、このボルグの領館に用意されているのは王家が準備してくれたドレスや衣類だ。

起きてすぐに身支度を済ませたし、どれを着ていても恥ずかしいことはない。

今日は若草色のデイドレスを身に着けていた。黒いレースの詰襟が大人っぽい。色が軽やかなのでアクセントにもなっている。装飾も黒い糸での刺繍だが、そこにいくらかドレス生地に近い薄緑色の糸も使われて、光の当たり方で絶妙な濃淡を生みだし、印象を和らげている。

朝はまだ領館の中でゆっくりしようと思っていたので髪型は緩く編んだだけだったのを、ハーフアップに直してもらう。黒いレースのリボンにペリドットを散らした髪飾りを着け、お化粧も直して部屋を出た。

隣り合っているうえに、内扉で繋《つな》がっている部屋で休んでいたパーシヴァル様とばったり会う。お待たせしている応接間の前ででも合流するかと思っていたけれど、タイミングの良さに顔を見合わせて笑った。

「ミモザ、おはよう。……誰だろうね？」

「おはようございます、パーシヴァル様。……誰でしょう？」

嫌な予感がする、という程ではないが、何だか少し緊張する。

顔を見合わせて首を軽く傾げ、パーシヴァル様の差し出した腕に手を置いて応接間に向かった。

ルーシア以外の侍女も、多少表情がおかしい。それが気になった。

平屋で広い屋敷だけれど、応接間は近かったのですぐに辿り着けた。

「失礼します」

「入ってくれ」

聞こえた声に、思わずパーシヴァル様と顔を見合わせた。今度は驚愕を顔に浮かべ、それこそ待たせていい方の声ではなかったので早急に動いた。固まっている暇はないのだ。

「ミモザちゃん、パーシー。きちゃった」

「新婚旅行は楽しめているか？」

来客は、楽しげに声をかけてきた。まさかもう一人いるとは思わなかったけれど、そのせいで余計に驚いた。

先に声を発したのはお義母様で、入室の許可を出したのも楽しんでいるか訊《き》いたのも王妃様だ。

「王妃殿下、母上、遠路はるばる訪ねていただきありがとうございます。……おかげ様で、のんびりさせていただいております」

「大変よい新婚旅行になっております。全て準備していただいて、心より感謝します」

パーシヴァル様と共に、砕けた雰囲気の中でなるべく硬くなり過ぎないよう挨拶と御礼をした。

私はスカートをつまんで膝を軽く折る淑女の礼を、パーシヴァル様は片手を胸の前に持ってくる簡易な敬礼をする。

腰から上半身も軽く折っているので、見ているだけでビックリを反芻《はんすう》してしまいそうな二人の姿を一瞬視界から外すことができた。町娘がはしゃいでいるような楽しげな様子でお義母様も王妃様も満足そうな声をあげた。

「さ、こちらに来てくれ。少し話をしよう」

「はい、では失礼いたします」

「新婚旅行の思い出は帰ったら聞かせてもらうわね」

王妃様に勧められるまま、空いている二人掛けの長椅子に私とパーシヴァル様は座った。

よく見ると、お二人とも砕けた服装で、生地も柔らかそうな素材のアフタヌーンドレスだ。露出は少ないながらもコルセットを使わない楽な服装で、長時間の移動や動き回るのにもいい、とお義母様に教わった。

「昨日、夜会で私の言葉は聞いたかな？」

悪戯《いたずら》っぽくも力強い微笑を浮かべて王妃様が告げる。

銀色の髪を今日は綺麗に梳《くしけず》って前に流している王妃様は、普段から白い獅子のような、薔薇のような少し獰猛で華麗さも感じるお方だ。美しい人で背が高くスタイルもいい。今は足を組んで座っているのだが、どうにもそれが似合っている。

「ええ、伺いました。こちらを今後、隣国との交流の足掛かりにする、玄関にする、と」

パーシヴァル様が答えてくれたので、私も頷く。

「そうなんだよ。ほら、ミモザ嬢には以前話したね？　アレックス・シェリルの本がいくつか翻訳されて外国で出版される、と。また、それに伴い外国の本も翻訳されて入ってくると。あれのことなんだ」

「まぁ……！」

やっぱり、という気持ちもあったが、私は改めて驚いてしまう。本をいくつか交換しましょう、という規模の話には思えなかったのだ。きっと昨日の話のことならば、もっと大規模な交流があるはずだろう。

「翻訳出版はきっかけで、それをするための施設を作るのよ。王都にも、隣国の方を招致する予定なの。食文化も芸術も知識も色々交換して高めていきましょう、ということになってね」

「そうなんだ。ボルグは温泉街があってそこには隣国の人間もよく訪れる。その関係上、片言ながらどちらの国の言葉も喋れる人間が多いのだが、これまでちゃんとした交流はなかった。国同士での交易などはあっても、まず入り口がボルグだけだからな。文化が根付く程は入ってきていなかった」

細長い形状のこの国に対し、山脈を挟んだ隣国は、入ってくる場所がボルグしかない。他の関所や道は、また別の国に通じている。ボルグと接している隣国との文化交流から始める、といったところだろうか。

王妃様によく似た王太子殿下は、その隣国とは反対側の、内海から船で渡っていく国に留学に行っていたこともある。

といっても船で一日の距離で、地続きの隣国アズマテリアの方が、かえって王都までは陸路で日数がかかる。少しずつ国を文化的に開いていこう、ということなのかもしれない。

「で、この度ようやく細かなことが色々と決まってな。もうすぐ国中に告知があるが、玄関であるボルグ領を整える前にこうして視察にきたんだ」

「私はそれの付き添いなの、昨日は温泉宿に泊まったんだけれど、最高だったわね」

「とかく湯船が広いからな」

視察とその付き添いだというお二人は、そのついでに私達にも声をかけてくれたそうだ。素通りされたらと思うと悲しいので、こうして気にかけてもらえているのが嬉しくて口角があがってしまう。

「私が夜会に顔を出すとなると、物々しくなってしまうのでな。昨日は控えた。だが、ここに寄らないというのは考えなかった」

王妃様が現れるとなれば、警備を増員したにしても足りなかったろうなと思う。

領地を整えるために手を入れ始めたら、この館も様相を変えることになる。

次にパーティーを開くのはこの館の工事が終わった後になるだろうし、百年もここにあればこの館に思い入れのある人もそれなりにいるだろう、という配慮だった。

それにしても、国民に布告する前から王妃様がこうして視察に動かれるなんて……、と考えてみると、思わず質問が口から出た。

「あの、王妃様の主導で、今回の国交を深める話が進んでいるのでしょうか？」

言ってから、これは聞いても大丈夫だったかな、と動揺してしまう。鍛えてもらったので挙動不審にはならずに済んだけれど、おろおろと手を動かしたり視線を逃したりしたい衝動をぐっと抑え込む。

「あぁそうだ。アズマテリアは私の祖国だからな」

まぁ、と私は声には出さず、開いてしまった口を片手で隠した。驚きすぎると自然に目も口も開いてしまうらしい。軽く俯いて表情を整え、また顔を上げる。

「それにこの地は、私と……ここはシャルティ姓が多いな。アレクサンドラの思い出の地でもある」

「ええ、そうですね。この領館も懐かしいですわ」

ゆったりと寛《くつろ》いだ様子の王妃様の視線と、お義母様の視線や声にも、思い出をいつくしむような温かさがある。

どんな思い出だろう、聞いてもいいのかしら、と戸惑っていると、王妃様が立ち上がった。

「私たちの思い出の場所を、少し案内しても？」

「ぜひ、お願いします……！」

私は少し前のめりになって立ち上がり、期待でいっぱいの視線と声を向けて頷いた。

このボルグの地は大好きな物語の舞台であり、今聞いたかぎりお義母様と王妃様にとっては様々な思い出の地でもある。百年もここにあるというのは、そういうことなのだろう。

好奇心が抑えられない様子の私に、お義母様はあらあらと、パーシヴァル様は静かに、王妃様が楽しそうに声をあげて笑った。

◇◇◇

王妃様が先導して領館の中を進む。正確には、先頭が王妃様とお義母様、その少し後ろに私とパーシヴァル様、という並びだ。

執務を行っている部分には近づいていないので領館の中にもそんなに人の姿はないが、使用人は働いている。王妃様が通るので、忙しなく動いていても壁際に控えて頭を下げるというようになる。王妃様はそれに声をかけて「次は普通に働いていてかまわない」と告げていた。

「王城ではそれを周知しているから、それこそ外国の来賓があるとかでなければ皆働いていてくれるんだが……失念していたな」

「普段は執務室にじっとしてはいらっしゃいませんからね」

「それこそ、王妃なんてのは社交をするのが仕事だ。常に色んな人間と会うのだから、移動のたびに他の人の仕事を止めさせるのは効率も悪いし、何より申し訳ない」

侍従や侍女、使用人に対して申し訳ない、と躊躇《ためら》いなく言う王妃様にビックリもしたし、素敵な考え方だとも思った。

もちろん、彼らは私達が雇っていて、そういう契約をしている。それに、身分がどうでもいい、と言うわけではない。

どうでもいいのであったら、王侯貴族が漁に出たり、洗濯をしたりすることにもなるかもしれない。でも、そうなった時、誰が人を遣う立場の仕事を回し、誰に税を納め、誰が領地の反映のための判断をするのだろう、ということになる。同じ仕事をしているのに立場が上、というのもきっと面白くなく思う人は少なくないんじゃないだろうか。

私がもし、侍女や使用人のような仕事をするのなら……自分が何をしたらいいのか指示がなければ難しい気がする。無限に仕事があるようにも思うし、他の人が何をしているのか把握しきれなくて二度手間になりそうでもあるし。

責任を取ったり、指示を出したり、取りまとめたり、そういうことをする人間を身分で定めているのだ。立場としてどちらが上、というのは明確な方がいいだろう。上の人間にとっても、下の人間にとっても。

でも、それは人の価値として上下があるわけじゃない。だから、下の人間の仕事の手を自分がただ出歩くだけで止めさせるのは申し訳ない、という話なのだろう。

「パーシヴァル様、やっぱり王妃様は素敵な方ですね」

胸がきゅうとなるような憧れでいっぱいになって、隣を行くパーシヴァル様に小声で話しかけた。

少し身をかがめて小さな声を聞いてくれたパーシヴァル様は、黙って笑みを深めると深く頷く。同性が褒めるようにはパーシヴァル様は王妃様を褒められないのかもしれない。近衛騎士についても、もっとちゃんと学ばないと。

そうこうしている間に王妃様が足を止めた。

「ここだな。入ろう」

「ここ、ですか？」

住居部分と使用人が使う館の裏側の部分のちょうど境目にある、片開きの扉の前だった。採光にそこまで力を入れていない薄暗い場所だ。廊下に花を飾ることもなく、絵もなく、がらんとしている。

普段立ち入らない場所の寒々とした空気を少し不安に思いながら、前にいるお二人に目を向ける。

面白そうに笑っている王妃様とお義母様の姿は、危ないことはないという様子だった。

大丈夫かしら、とパーシヴァル様の方に視線を戻すと、パーシヴァル様も笑っている。何か思い当たったように片手で顎を軽くさすり、なるほど、と呟いた。その視線は王妃様に向いていて、次いでお義母様に向く。

お義母様は私に落ち着いた目を向けた。不安そうな顔をしてしまっていたからかもしれない。

「大丈夫よ、ミモザちゃん。危ないことはないの、でもちょっとした冒険ね」

「は、はい、お義母様……！」

「鍵は預かってきたんだ」

王妃様自らその扉の鍵を回し、扉を開けた。中は薄暗くて廊下からのわずかな光でようやく入り口付近が見えるくらいだ。

穀類や果物、それに薪《たきぎ》や暖炉にも似た香りが漂ってくる。他に喩《たと》えようがないアルコールの香りもする。

ここは、お酒を置いておく倉庫のようだった。

「さぁ、行こう」

「ミモザ、危ないから手をこっちに」

王妃様が進み、入り口横の小机にあったランタンに火を入れる。お義母様がそれを持った。

そして私はパーシヴァル様に手を引かれる。指を絡めてしっかりと握られてしまい、恥ずかしくて頬がすぐに熱くなる。知っている人の前で、だとか、同行者がいる、という時に、こうして親密に手を握られるのは、少し恥ずかしい。嬉しいけれど。

というか、この場合、パーシヴァル様が先頭に出た方がいいのではないだろうか。でも、案内は王妃様が買って出てくれているのだからやはり先導は王妃様がいいのだろうか。楽なドレスとはいえ、ヒールの高い靴を履いている王妃様がどこかで躓《つまず》かれないか、はらはらしてしまった。

私の心配は結局口から出てくることなく、オレンジの光を放つランタンを上手に使って四人で酒倉を進む。

この倉庫はそんなに広くもなく、応接間一つ分というところだろうか。本当にお酒の樽や瓶しかなかったが、どれにも埃が積もってなかったのでここもきっちり掃除されているのだろう。

部屋の奥に、地下へと続く階段があった。幅は人一人分で、お義母様、王妃様、私、パーシヴァル様の順でゆっくりと下りる。壁に手をつきながらだったが、私が少し手を伸ばせば届きそうな位置に壁に穴を掘って燭台が置かれていたので、本来はここを使う時には順番に火を灯せばいいのだろう。

「ボルグの領館は地下に広い空間がある。暖房のための温泉を引くのに地下の工事をして、その時に掘ったんだろうが……おかげで地下なのにそこまで冷えない」

「温かくもないですけどね。少しひんやり、くらいでちょうどいいですねぇ」

「膨大な量の酒があるからな。領館に置いていていい量ではないだろう。パーシヴァル殿、ミモザ嬢、新婚旅行中に少し減らしてくれ」

普段は私もパーシヴァル様も食事中に葡萄酒を飲むくらいで、あまりお酒を飲まない。パーシヴァル様が忙しい時にはそれもなかった。いつ応援で呼ばれるか分からないからだ。

だが、この場所ならば応援で呼ばれることもないだろう。軽く振り返って見ると、そうだね、とパーシヴァル様が頷いた。

「ありがたく頂戴します。おすすめの酒があれば後で教えて貰えますか？　王妃殿下」

「あぁ、いいぞ。美味いのが色々ある。この地下一階のワインセラーなんて、見ものだ」

「うわぁ……！」

天井までありそうな背の高い棚に整然と並べ置かれているワインの山。ランタンの頼りない光に照らされている光景は、どの方向を見てもそればかりだった。

棚は規則正しく並んでいるようだけれど、このままでは部屋の大きさも分からないほど暗い上に奥行きもある。そんな状況で王妃様とお義母様は迷いなく進んでいった。

ワインセラーの棚の隙間を、石造りの床を打つ靴音をさせながら進み、突き当たりまできたら右に曲がる。歩いた感じで、上の倉庫の倍程は奥行きがありそうだと思う。

左手を壁について、右手に並ぶ棚を見ながら少し進む。壁には、階段と同じように少し壁を掘ってくぼませたところに燭台を置いているようだ。所々に石を綺麗に彫ったレリーフも配置されていて、倉庫なのに凝っている、と薄暗い中でも思う。

「ふむ、ここだな」

レリーフはどれも違う花を模様として彫ってあった。触った感じで違うのが分かったし、前から後ろに漏れてくるランタンの明かりで目でも確かめてある。

王妃様は百合の花を描いたレリーフの前で止まり、そのレリーフの周りにある不規則な大きさの石を押し込んだ。

すると、何か装置の動くような音がして、それから百合のレリーフが手前に出てくる。壁とレリーフの間に掌一枚分の隙間ができるとそのレリーフに手をかけて手前に引いた。軽く動かしただけに見えるのに、石の壁だった場所は石同士を擦り合わせる音をさせながらゆっくりと口を開ける。

隠し扉の存在に、私はもう胸がどきどきして仕方がない。こんなの、本の中でしか見たことがない！

「さぁ、少し埃っぽそうだ。大丈夫かな？」

「は、はい」

「問題ありません、王妃殿下」

私とパーシヴァル様の答えに満足そうに頷いた王妃様が扉の中に入っていく。今度は天井の低い通路がずっと続いているようだった。

本当に冒険している、と私はドキドキそわそわしながら後をついていく。背後にはパーシヴァル様がいるので、何も心配はないだろう。

「わっ……！」

「大丈夫？」

天井や壁をきょろきょろと見回しながら歩いていたら、私が何もないところで躓いてしまった。一瞬の浮遊感と地面が近づく感覚にぎゅっと目を閉じて衝撃に備える。

それをパーシヴァル様が後ろから腕を回して抱き留めてくれた。

「わ、あ、あ、あの、ありがとうございます……すみません、興奮してしまって」

「ちゃんと、私が見ているよ」

私が私に気を配れない時でも、パーシヴァル様が見ていてくださる、ということだろうか。

先程とは違うドキドキとそわそわに見舞われる。

パーシヴァル様に触れていることや、抱き留めて助けてもらうのは何度目だったろうかとか、王妃様たちをお待たせしてしまっていることとか、頭の中がぐちゃぐちゃになってしまう。

逞しい腕に抱きかかえられたことで、嬉しさや愛おしさが胸の奥から溢《あふ》れそうになった。人前で

示すことではないので、胸元を握って無理矢理しまい込んだ。それに、その感情と一緒に私の悩み……もやもやとした気持ちも、一緒に溢れそうになってしまう。

それも、一緒に押し込んでおく。

「ミモザ……？」

視線が落ちてしまう私の手を、緩くパーシヴァル様の大きな手が包む。今度は軽く握って手を引かれた。

「ミモザ嬢、大丈夫だったか？」

「ごめんね、薄暗くて歩きにくいわよね」

王妃様もお義母様も心配そうにこちらを見ている。私は口を開いてもうまく受け答えができなそうで、只管《ひたすら》頷いた。失言するよりはまだいいだろう、失礼ではあるかもしれないけれど。

「ミモザのことは私にお任せを」

「あらあら。ミモザちゃんの騎士はパーシーだものね」

お義母様のからかい交じりの言葉に、パーシヴァル様はにっこりと、それはもう美しい笑みを作って頷いた。大きく二回。これ以上ない肯定だ。

「ええ、そうなんです」

「近衛としてそれを王家の前で言うのはどうなんだ？」

呆れたような王妃様の声に、さっと血の気が引きそうになる。が、私の手を握る手に少しだけ力がこもる。

「王妃殿下、それはそれ、これはこれです」

「ほぅ？　言ったな？」

「これはこれは、どうぞご容赦願います」

綺麗な一礼。いや、待ってほしい、礼をとらなきゃいけないような発言なのだとしたら、私の手を握ったままの謝罪はどうしたらいいんだろう。諫《いさ》めるべきだろうか。

この三人のやりとりに何も口をはさめず、私は慌てた。

近衛騎士団の一人として、パーシヴァル様は何より王妃様を優先させるべきだと思う。なのに、私の騎士だ、というお義母様の言葉に当たり前のように頷き、王妃様を前にそれはそれこれはこれ、などと言ってはいけないのではないだろうか。

でも、誰の声にも笑いが含まれている。冗談の応酬かもしれない。私はいよいよ混乱してしまって、気付いたらパーシヴァル様に肩を抱かれていた。

「ミモザ、大丈夫？　ほら、先に進もう」

言われてはっと気付く。先に行く王妃様とお義母様の靴音が、少し遠くなっていて驚いた。

「あ、あ、はい、あの！」

「うん？」

「お仕事を全うするパーシヴァル様の方が、好きです！」

「……」

パーシヴァル様が固まってしまわれた。

自分でもなぜそのように言うことになったのか説明がつかないが、近衛騎士であるパーシヴァル様が職務放棄をしてまで私を守ると言ったのでは、なんてところまで思考が飛んで、そこからの記憶の道筋が怪しい。

自分でも分かるくらい恥ずかしくて顔が熱くなったり、王妃様の前で何を言っているのと血の気が引いたりと百面相をした自信があるけれど、恐る恐る顔をあげてパーシヴァル様を見る。

そう、まずは謝らないと。私の領分じゃないことに差し出口をきいてしまったかもしれない。

「すみません、私ったら何を言ってるんでしょう……」

「いや、大丈夫だ。その、ちゃんと近衛騎士としての仕事は全うするよ」

全然大丈夫ではなかったらしい返答を貰うと、またもや王妃様が声をあげて笑った。

ここは石造りの地下通路。よく音が響くので、少し離れても声は筒抜けだったらしい。

今日はいっぱい笑われてしまう。嫌な笑いではないし、何より私がいちいちやらかしているのだから何も言えない。

「はぁ、仲睦まじくてよろしいことだ。シャルティ伯爵家は安泰だな？」

「ええ、そうなんです。最近はパーシーも頑張ってますからね」

「ふむ、じゃあその話は今夜の宿で聞こうか」

「よろこんで」

パーシヴァル様が止めようと左手を上げかけてゆっくり下ろす。今ここで何か口を挟める雰囲気ではない。

「さぁ、もうすぐ地上だ。行こう」

「はい……！」

随分長く足止めしてしまったが、私たちは地下の通路を足元に気を付けながら進んだ。

◇◇◇

進んだ先にある小屋の床の一部が撥《は》ね上げられるようになっていて、そこから通路の外に出た。一本道で迷うことはなかったが、少しずつ傾斜がついていたのだろう。地下一階のワインセラーに下りたのに、今は五段程の急な階段を上ったら地上だ。

パーシヴァル様が先に出て、三人とも引き上げてもらう。階段はついていても、すごく急で両手や膝を突かないと出るのが大変だったせいだ。

何もなく埃っぽい、それどころか窓に嵌《は》まったガラスも割れているし、なんなら床下から植物も伸びている。長年放置されたのだろう。

その放置された小屋から出たら、もう森だった。

デイドレスなのでブーツを履いてはいたものの、土が踏み固められているわけでもなく、手が入った様子も見られず、背の高い草が茂っている。

……ワインセラーに入れてもらった時から、予感はあった。でも、本当に女騎士の物語の……『ボルグの騎士』の中に出てくる抜け道があるなんて。

そして、王妃様とお義母様はそれを思い出とも言った。

背中の内側を擽《くすぐ》られているような、そわそわとした気持ちが湧いてくる。期待もあるし、決定的に知ってしまうことへの身構えもあるだろう。ちょっとした不安もある。知っても大丈夫なのかな、とか。

知ったら何かが変わってしまうんじゃないか、という緊張感が大きい。

「あぁ、懐かしいな」

「ここで一晩過ごしたんですよね、私達」

王妃様とお義母様は、私とパーシヴァル様を連れてきたのを忘れたかのように、二人の思い出話を始めた。

……たぶん、誰かに聞いて欲しかったんだと思う。誰か、に当てはまったのが、私とパーシヴァル様だった。

本当に話してはいけない機密のようなものはきっと明かされないけれど、これは、話してもいいけれど誰にでも話していい秘密、ではないのだろう。とても大切な秘密。

「あの時はこのまま死ぬのか、と思ったよ」

「あの頃の王妃様は、少々弱気でいらっしゃいましたしね」

森の中をどこかに向かいながら、王妃様とお義母様の会話は続く。私もパーシヴァル様も黙ってその後ろをついていった。

「私が弱気だったのは確かだが、その頃のシャルティ伯爵夫人は勇ましかったからな。意見が割れると怖かった」

「まぁ、一歩も引かない頑固者でもあったじゃありませんか。泣きそうな顔で譲らないんですもの」

少女言い合うような口ぶりになったかと思うと、二人そろって声を上げて笑う。朗らかで、優しい空気がそこにはあった。

歩いていく先には森の切れ目が見える。木の陰になって涼しいが少し薄暗い森の中から、光の中に一歩踏み出す。

「すごい……！　ここは、見晴らしがいいですね」

「あぁ、ボルグは綺麗な場所だな」

四人並んで、ボルグ領の豊かな景色を眺めた。

山間にあるために岩肌も見えるし、開墾されていない土地もある。

それでも畑はよく手入れされているし、大きな川も、そこからの支流もある。遠くに湖らしきものも見える。美しい領地だと感じた。

「……ミモザ嬢は『ボルグの騎士』を愛読しているのだろう？」

「は、はい！」

王妃様からの確認に、私は反射的に答えた。沈黙に急に落ちてきた言葉は、ワインセラーに入った時からずっと思ってきた『もしかして』への答えのようだ。

「ボルグの騎士に出てくる女騎士はな……アレクサンドラだ」

「えっ……？」

私だ、ではない？

「そして姫が私だ」

「えぇぇぇぇ!?」

いよいよ手で隠すこともできず、私は目も口も開いたまま、戻し方を忘れてしまった。

「いやですわ、王妃様。そんな若い頃のお話はやめてくださいませ〜」

「いいではないか、無名作家のあんなに拙《つたな》い本を読み込んでくれるなんて、ありがたいことだ！」

ころころと笑うお義母様と王妃様は、そのまま何か語り合っていたようだけれど、私は大混乱に陥った。

こんなに格好いい王妃様が、姫……？

こんなに柔らかい雰囲気のお義母様が、女騎士……？

「ミ、ミモザ。起きて、大丈夫か？」

「はっ……すみません。意識がこう、一瞬で彼方《かなた》に飛んでおりました」

「そのようだ。一人で立てる？」

すっかりパーシヴァル様に体を預けてしまっていた私は、自分の足で立とうと頑張ってみる。奮闘しながらちょっと視線を前に向けた。

森の切れ目、木々に縁どられて笑う王妃様とお義母様のシルエットが、逆光に照らされた。影絵のようになったそれが、なんとも収まりがよくて絵画のようで。

（すごく、きれい……）

挿絵の方が現実を写しているのは分かっているが、本当に絵になる。『ボルグの騎士』の最後にでもこの絵があれば、意図は分からずとも私の中では一層最高の一冊として崇めただろう。

その美しい絵の片方が振り返る。

「本当なら、ボルグを行き先としては却下すべきだったのだが、ミモザ嬢が私の本のファンだと聞いてな。こうして突き合わせたくなったのだ」

「……ん？　え、お待ちください」

今何か重大なことを言われましたね？

驚きすぎて頭の中にその意味が浸透してくれません。聞き間違いだったかもしれない。

「申し訳ございません、不敬になると思うのですが、もう一度仰っていただいてもよろしいでしょうか？」

美しい光景だ、と思って自然に微笑んだまま、びきびきと顔が強張《こわば》ったような気がする。自分の体が自分の命令に従う気がないような、他人のものになったかのような乖離《かいり》を感じる。

「あぁ、私だぞ。『ボルグの騎士』の作者は、私だ！」

快活に笑った王妃様の宣言に、私は声を上げることもできず、呼吸の仕方も忘れ、微笑んだまま体が傾《かし》いだ。

「ミモザ……！」

やっぱり、パーシヴァル様がそれを受け止めてくださったので、大事には至らなかったらしいというのは、失神から目覚めた領館のベッドで聞いた。

◇◇◇

「も、申し訳、ございませんでした……」

翌日、私はボルグ領館のサロンで青いどころか真っ白になってひたすら王妃様とお義母様に謝罪していた。パーシヴァル様には、起きてすぐに顔を合わせて謝罪済みである。

森を回って歩くと領館に戻れるのだそうだが、近いのは圧倒的に地下通路だったため、王妃様とお義母様、そしてパーシヴァル様に抱えられた私はそこから領館に戻ったらしい。全く覚えていない。

王妃様の思い出語り『ボルグの騎士』の作者は王妃様、騎士はお義母様のこと。頭の中で反芻するだけで、また意識が飛びそうになる。

謎の無名作家の真実、女騎士と姫の正体、本当にあった隠し通路。興奮のしすぎで体が強張るのだろうと思う。並べるだけで、心臓がばくばくする。

それでも、せっかくお忙しい合間に、ボルグでの思い出を振り返ろうと訪れた王妃様とお義母様のお時間に誘っていただいて、その上で失神して中断させるという大迷惑をおかけしてしまったので、今はもう顔も上げられない。

「ミモザ嬢、気にしないでくれ。それより、もう体調はいいのか？」

「そうよ、無理しないで。あなたの本が好きという気持ちを甘く見てしまったのはこちらなの」

かえって申し訳なさそうな顔と声の王妃様とお義母様に、パーシヴァル様もはげますように背中を撫でてくれている。

いつまでも背中を丸めてうつむいてはおれず、一度目を閉じて深呼吸をして、顔をあげた。表情は、ちょっと今どうなっているか分かりません。

「ご心配をおかけしました……もう、すっかり元気です」

「死にそうな顔色だぞ。落ち着いて、まずはお茶を飲もう」

「はい……」

やっと顔をあげた私に、王妃様が苦笑してティーカップを軽く持ち上げる。

それに倣《なら》って、今は指先のコントロールも危ういので、失礼して両手でカップを持って口をつけた。

はぁ、とお義母様が大袈裟《おおげさ》にため息を吐く。

「ごめんなさいね。ボルグのことを調べているパーシーをそのままにして申請させたのは私だし、王妃様に『あの子たちは「ボルグの騎士」を愛読していますよ』って言ったのも私。それで、王妃様も私も今後のボルグの展開を知っていたし、一月くらいならいいでしょう、とね……話を進めてしまって」

だから、回り回って煽《あお》ったのは私なのよ、とお義母様が謝罪しようとしたが、それには思い切り手も頭も横に振ってとめた。

「ち、違います、違うんです……！　あの、本当に嬉しいんです……！」

「嬉しい……？　『ボルグの騎士』の作者が分かったからか？」

私の咄嗟に出た本音に、王妃様が面白そうに疑問をぶつけてきた。

「それももちろん、嬉しいです。どんな方がこんなに素敵な物語を書いたのだろう、と。何度も励まされ、同調して勇気を貰い、時に言葉を引用してお守りに致しました。本当に、本当に私はこの本が大好きなのです。だから、嬉しいです……作者様に、こうして大好きですと言えることは」

先程まで血が通っていなかったような指先が、ぼっと熱くなる。今度は、好きや憧れや嬉しいや幸せが溢れて、胸の鼓動が激しくなった。

「それに、私は本に書かれた場所が本当にあったことが嬉しかったです。そこに、他でもないパーシヴァル様が誘ってくださったことも、一緒に訪れられたことも。私たちを喜ばせようと、情報を伏せて巻き込んでくださったのも……夜会も、ドレスも、礼服も、全部用意してくださったことも。本当に幸せなので、あの、お義母様……それに、王妃様」

私はほとんど目を回しながら、それでも俯いてではなく、王妃様とお義母様にまっすぐ顔を向けて、思いつく限りの感謝を述べた。

「本当に、ありがとうございます」

背筋を伸ばして、はっきりとした声で。

「ミモザちゃん……」

「ミモザ嬢……」

私の勢いと情熱を籠めた言葉が通じたのだろうか、目の前のお二人が感動しているような顔になっている。

「だからこそ、その素晴らしい何もかもの予定に組み込んでくださったのに、私が失神したせいで……！」

思わず両手で顔を覆う。俯かない、と決めた決意が罪悪感に押しつぶされてぽっきり折れた。

ソファから床に下りて膝も手もついて平身低頭謝り倒したい。憧れの方々、大好きな方々の前でなんたる失態。そのうえ、心配をかけるは予定は台無しにするわ思い出に浸るのを邪魔したわで何も言い逃れができない。

「ミモザ、ミモザ……落ち着いて」

「は、はい……」

パーシヴァル様の手が再び私の背を撫で、肩を抱いて頽《くずお》れるかソファから滑り落ちるかしそうな体を支え、片手でティーカップのソーサーを持って飲みやすいようにしてくれる。

視界にはいってきたそれを、私はまた両手で支えて一口飲む。自分の体の中に、程よい温度の紅茶が落ちていくのを感じた。

「大丈夫。王妃様も母上も怒っていないよ。むしろ、そこまで恐縮してしまうと、許しどころがなくなってしまう」

「はっ、はい……！」

申し訳ない、という気持ちはあれど、だからお叱りください、と押し付けるのは違う。

私はパーシヴァル様の言葉に背筋をただした。心臓の音が、少しずつ落ち着いてくる。

「お二人も、今日は二人きりで同じ所に向かわれるんでしょう？」

パーシヴァル様は私が落ち着きを取り戻したのを見て、そっと手を離した。王妃様たちに向き直って、悪戯っぽく笑う。

「ええ、そうなの！　ミモザちゃんたちにサプライズしたかったのも本当だけれど、つい懐かしくなってしまって」

「あぁ。昨日はミモザ嬢のことがあったから早めに宿に戻ったんだが、そこでまた盛り上がったからな」

王妃様が領館に滞在するとなったら、そちらを歓待するのが道理だ。でも、私が倒れて寝ているのだから、それはもう領館の人たちは大変になる。ということで、馬車ですぐの予約していた宿屋に戻ったという。

「だから、もう気にしないでほしい。それよりも、あれほどの熱量で私の書いた本を好きでいてくれてありがとう」

王妃様が足を組み、優しく微笑みながら私にそう応えてくれた。

「あれはな、多少の脚色があれど、私とアレクサンドラの物語なんだ。様々な事情があって名前は伏せたまま、それでも世の中に何があったかを出す必要があるから、無名の作家による、金のかかった挿絵入り、一冊限りの本という形で世に出した」

私は居住まいを正して、真剣に王妃様の言葉を聞いている。失神している場合ではない。

「間違いなく、あの本の出来事は私の人生で最も輝かしい時間だった。私の人生を本にするならば、長々とした伝記ではなく、あの本でいいと思う。しかし、その後に続いている現在は、ずっと幸せで充実している」

普段は格好いい印象の王妃様は、くしゃりと笑った。王侯貴族らしくない、本音を語る一人の女性の笑顔だ。

「今後、あの作家は二度と本は出さない。もう、本にしたいものはないのだ。本を書く時間があれば、その分、今を大事に生きる時間にあてたい。ミモザ嬢、そしてパーシヴァル殿。私の思い出、人生の輝かしい時の話を知り、今ここで聞いてくれてありがとう」

自然と、ゆっくり、パーシヴァル様と目が合った。同じ気持ちだと、瞳の中に浮かんでいる感情を無言で交換する。

そのまま王妃様へ視線を戻した。

「こちらこそ、得難いお話をきかせてくださり、ありがとうございます」

「今のお言葉も含めて、私たちは一層『ボルグの騎士』のファンでありたいと思います」

お義母様が優しく微笑んで頷いて見ていてくれる。私が謝り倒したせいで沈んでしまった空気が、温かなものになったような気がした。

「私たちはもう一度思い出を辿ったらここを発つ。あの通路は潰す予定なのだが、一応エドワード以外には内緒にしておいてくれ」

王妃様の言葉に深く頷いて、私とパーシヴァル様はサロンを後にした。

2　新婚旅行の夜は更けて

王妃様とお義母様が領館を発って数日後、色々な気疲れもあってのんびりと過ごしてから、今は近くの温泉街へと向かっている。

観光地だからか、道は整備されていて馬車はあまり揺れない。その馬車の窓から外を見て、歓声をあげた。

「パーシヴァル様、街から湯気が……！　すごいです……！」

「本当だ、あちこち湯気がたってる……。街中がどうなってるか気になるな」

「はい！　街を見るのが、とっても楽しみです」

興奮気味に話している私と同じ方向を、パーシヴァル様も初めて見る驚きを顔に浮かべて眺めていた。

温泉街というものがそもそも身近になかったので、温泉宿の集まった場所なのだろう、としか考えていなかったが、遠目で見ても、もうもうと空に立ち上る湯気がいくつも見えて最初は燃えているのかと思ったほどだ。

My Happy Future Plan

窓を開けていると独特の匂いが漂ってくる。

御者が言うには「これが温泉のにおいです」とのことだった。一瞬何かのガスか毒かと思って身構えてしまうような……有態《ありてい》に言えば卵の腐ったような匂いだと思ったけれど、街に近付くにつれて強くなり、慣れるともっと体に染み入るものだと分かった。なんというか、遠い所で嗅いだ時は悪臭に近い感想だったけれど、近付くとまろやかな香りに変わったのだ。薫香に近いかもしれない。

パーシヴァル様はこの匂いに慣れるまで時間がかかりそうで、落ち着かなさそうに鼻を手で覆ったり眉尻が下がったりしている。素直な反応に、結婚してシャルティ伯爵家のお屋敷に入ってすぐの頃、大きな犬のようだなと思ったことを思い出した。今もすっかりしょぼくれた大きな犬のようになっている。

湯煙に覆われた街が近付き、街を囲う壁の外にある堀からも湯気がたっていた。霧よりも薄い湯気の幕に覆われているが、視界が悪いというほどでもない。

「さ、街につきました。このまま宿屋まで向かいます」

「はい、お願いします」

なるべく口を開かないようにしているパーシヴァル様の様子を見て私が答えたけれど、それはそれで申し訳なさそうな顔を向けられた。でも謝るには口を開いて匂いを嗅ぐことになる。お向かいに座っているパーシヴァル様の太腿に手を置いて、首を横に振った。

何も大変なことはないのだから、気にしないで、という意味だ。

並足よりも速度を落とした馬車で街中を進む。

街の真ん中に温泉が所々で湧いている川が流れていて、その川の場所は道よりも随分と深い場所にあった。ほとんど谷のようにくり抜かれた川にいくつも橋がかけられ、川に面して道が、道の脇に飲食店や宿屋が軒を連ねていた。他にもいろんなお店があるようだ。

観光地として賑わっているのは、道行く人の多さでも分かった。

「……少し、慣れたかもしれない」

そう言ったパーシヴァル様はぐったりと馬車の座席に体を預け、窓から顔を背けて鼻から下を片手で覆っている。慣れてないです、慣れてない。

思うに、近衛騎士というのは貴人の警護を主にされるので、こういった違和感に強く反応するようになっているのではないだろうか。

普段から警戒しているからこそ、感覚が鋭敏なのだと思う。温泉が元だと正体が分かっていても、刺激臭には違いない。

「パーシヴァル様は、燻製はお好きですか？」

「くん、せい……？」

「はい。……私、お父様が食べている燻製肉や燻製チーズの香りが、小さい頃はどうしてもダメだったんです」

気を紛らわせることに繋がるかも、と匂いにまつわる思い出を自分の中で探した。

「焦げ臭い気もしますし、外の匂い……思えば、植物の匂いというのは間違いではないんですが、椅子やテーブルと同じような匂いがして。とにかく、食べ物の匂いだと思えなくて」

「あぁ、確かに……あれも慣れるまでは、かなり匂いがキツいかもしれない」

「そうなんです。私がまだほんの小さい頃だったと思うんですが、夕飯時にお父様が燻製を楽しむのがどうしても苦手で……一度、泣いて嫌がったことがあったんです」

「……」

もしかして、パーシヴァル様も今、割と泣いて嫌がりたいかもしれない。くさい、と。深い共感を得た表情をしているように見える。

大人ならば多少のことは我慢もするけれど、数日はこの街に泊まる算段で来ている。今さら、くさいから戻りたい、とは言い出せないのかもしれない。

体調が悪くなるくらいなら領館に引き返したいけれど、パーシヴァル様とこの街を歩いてみたいし、悪い思い出にもしたくないので……慣れる、と仰っている間はもう少し一緒に楽しめるように頑張ろう。私も、パーシヴァル様が楽しめるように少しでも助けたい。

「それからは、お父様は書斎で夜寝る前にこっそり燻製とお酒を楽しむようになりました。……そのうち、私も全然気にならなくなって、夕飯に出てきた燻製のお肉やチーズを美味しく食べてたんですけど」

「ふ、はは……お義父上《ちち》はさぞかし驚いたのでは？」

まだぐったりされているけれど、今のは無理をしたわけじゃなく、自然に笑ってくれたようだ。

私はその時のお父様の顔を思い出して、目も口もいっぱいに開いて、眉だけがっくりと下げて。

「ええ。……ミモザ、燻製はもう平気なのか……、って。こんな顔で」

「あはは！　すごい顔だ。ショックを受けているのが一目で分かる」

顔をまねたのが少し恥ずかしくてすぐに表情を改め、それでもパーシヴァル様と一緒に笑って。

「そうなんです。お父様は、私がいつまでも燻製はダメだと思っていたみたいでした。今はとても美味しそうな匂いだと思います」

思い切って声をあげて笑ったからか、だいぶ気が紛れたのか、パーシヴァル様の姿勢がいつも通り背筋を伸ばしたものになり、少し私に向かって顔を近づけてくれる。

ほっとして私も少し顔を近づけた。

「子どもは味覚や嗅覚の感覚が鋭敏で未分化という話も聞きます。子どもの私にとっては受け入れがたい匂いでしたが、成長するにつれて印象も変わり、口に入れて美味しかったので、すっかり食べ物と認識したのでしょう。でもお父様にはその変化が急に感じられたんでしょうね」

「父上も母上も、私が王宮からたまに数日屋敷に帰ると、子どもの成長は速い、なんて言ってたな……」

「お義父《とう》様は職場が同じはずですよね？」

「どうやら職場でのことは家だと忘れやすいらしい」

そこでまた、声を上げて笑った。同時に馬車がとまり、御者が「つきました」と声をかけてくる。

すっかり調子を取り戻したパーシヴァル様にエスコートされて馬車をおりる。

漆喰で塗られた宿屋は湯煙の中でとても綺麗で、内装も気になった。けれど、後ろの馬車でついてきていたルーシアたちもすっかりこの匂いに参っていたので、暫《しばら》く宿屋のロビーで休憩してから部屋に向かうことになったのだけれど。

◇◇◇

温泉宿もいろいろとあり、ここは貴族や富裕層向けの温泉宿になる。

こういった温泉宿もいくつもあって、ランクとしては上の下、くらいに位置づけるそうだ。部屋付きの担当だと申し出て部屋まで案内してくれたルビーという女性が言っていた。観光案内にしては、少々内情がすぎる気もする。

仕立てのいい藍色のモスリンに腰巻の白いエプロン姿で、胸元のプレートに名前が入っている。身の回りの世話は連れてきた侍女がしてくれるが、温泉宿の中を案内するのは宿の人間の仕事だということで、名札は必ず着用するらしい。

こういった宿に泊まるのも初めてで、ルビーは分からない私に丁寧に教えてくれた。

「こちらのお部屋になります。荷物は運び込んでおりますが、荷ほどきの手はたりていらっしゃいますか？」

「ありがとう。大丈夫よ」

頷くとルビーが部屋の扉を開く。中は案外広く、正面には大きな窓、中頃に寛げそうなソファセットがあり、寝室は二部屋あって別室のようだった。貴族階級では、夫婦の寝室や部屋が別というのは珍しくない。

窓の外は湯煙が薫《くゆ》っている。近付くと、街の真ん中にある温泉の湧いている川と橋、そして向こう岸の様子が見えるが、足元の道は視線を落とさないと見えないようだ。

それに、何をどうやったのか、先程から建物の中は温泉の匂いがしない。他の、草や花の柔らかい香りが漂っている。

「宿屋の中は息をするのが楽だな……」

「ええ、本当に。この香りは何かしら？」

少し後ろで控えていたルビーがにっこり笑って答えてくれる。

「温泉の匂いは慣れない方には寛げないものです。これは香りのいい干し草やドライフラワー、香油などを換気のためのダクトに随所で仕込んで、空気をろ過して通しているんです。まだ植物の香りの方が刺激が少ないですから」

「なるほど、工夫されてるね。おかげで楽になったよ、どうしても慣れなくて」

苦笑してルビーに告げると、ルビーはさもありなんと頷く。胸の前で拳を握る力強さだ。

「騎士や兵士の方は特に慣れないみたいです。この匂いを異常として捉えるらしくて。逆に、旅人の方はあまり気になさらないですね、いろんな匂いの場所に行かれる、とお話しくださいます」

旅人は、吟遊詩人や行商人を指すらしい。吟遊詩人は文化の伝達を担っているのでどの国でも歓迎されやすく、行商人は大きな商会に所属して仕入れの前の調査を兼ねている人もいる。この宿にも時折宿泊するらしく、詳しく話してくれた。

「でも、騎士や兵士の方々の反応は間違いじゃないんですよね。この匂いの元、硫黄《いおう》って濃縮すると毒なので」

「え……」

ぴし、と私もパーシヴァル様も固まってしまった。

「街の真ん中の川がありますでしょう？　長い年月をかけて地面を溶かした、とも言われています。温泉も入ると少し肌がぬるっとしますよ」

「だ、大丈夫なん、ですか？」

「はい！　少しであれば健康にいいんです、余程の濃度じゃなければ大丈夫ですよ」

慌てる私たちをおいて、ルビーは「ごゆっくり」と言って下がっていった。

「パーシヴァル様……」

どうしましょう、大丈夫でしょうか、という気持ちを籠めて振り返ると、パーシヴァル様は仕方ないとばかりに笑っていた。

「うん、……薬も飲み過ぎれば毒とも言うし」

「そうですね、安全でなければこの街もここまで栄えていませんよね……」

窓の外、川向うの大通りに人がいっぱい歩いている。楽な服装の人から、旅装の人まで様々だ。

王妃様たちもここに宿泊されたということだし、あまり疑ったり怖がったりしても仕方がない。

ちょっとだけ肝が冷えたけれど、よくよく考えなくてもこの街の安全は歴史で裏付けられているのだから。

「少し、歩いてこようか？」

「はい……！　どんな街なのか、散歩したいです」

パーシヴァル様がエスコートの手を出してくれたので、そこに手をのせる。

馬車での移動のために楽な服装ではあったので、そのまま外に出た。

相変わらず宿の外は温泉の匂いでいっぱいだ。パーシヴァル様も大分慣れたらしく、顔をこっそり覗き見たら平気そうにしている。

「こういう匂いの食べ物がある、と思い込むことにした」

と言っているので大丈夫だろう。

ボルグの温泉街の観光が始まった。

◇◇◇

立ち上る湯気は相変わらずで、視界も普通に歩くよりは悪い。けれど、川は谷底にあるのでそこまでダイレクトには届かなかった。

おかげでパーシヴァル様と観光地の店を冷やかしながら歩くには充分よく見えている。

途中、木でできた輪切りの寸胴鍋から湯気が出ているものがあって足を止める。

「いらっしゃい。お嬢さんたちはご夫婦かね？」

店主のおじさんが観光地ならではの気軽さで話しかけてきた。一瞬びくっとしてしまう。普段、王都で買物する時でも、もう少し店員との距離がある。

パーシヴァル様がそっと抱き寄せてくれたので、ほっと息を吐いて向き直った。

「は、はい。温泉というのが初めてで、……これは、何ですか？」

「蒸籠《せいろ》っていう調理器具だよ。食材を蒸すのに使う」

「蒸す……」

普段は煮るや焼くばかりなので、蒸すと言われてもピンとこない。しゅんしゅんと湯気があがっているので熱いのだろうなとは思う。

「もしかして、これも温泉を？」

「旦那さん、よくお分かりで。豆を甘く煮たのを包んだ小麦の皮のお菓子を蒸してるんですよ、よければお一ついかがですか？」

二人そろって興味を示したのを嬉しく思ったのか、愛想よく店主は勧めてくれる。熱いから覗き込んではダメですよ、と言って蓋をあけて見せてくれた。

ぶわっと広がる湯気がふわりと立ち上る。同時に、うんと甘い香りがその場に広がった。

覗き込まずに斜め上から蒸籠の中を見ると、私の掌よりも大きくて平べったい、白くて丸いものが並んでいる。

「源泉は高温でね、こうして軒先で蒸すのに使って、道の脇にある用水路に流して、それが川に合流する頃には塩梅《あんばい》よく冷めてるんですよ。店の前とかはこうして石の小さな橋をかけてますけど、途切れてる所は湯気が立ってる。熱いから触らないように、落ちないように気を付けてくださいね」

「なるほど、街全体が緩やかに傾斜がついているのか」

「へぇ、そうなんです」

丸いふんわりしたお菓子を眺めている横で、パーシヴァル様と店主のおじさんが話し込んでいる。

ふわふわしているけどケーキともプリンとも違うそれは、素朴な甘い香りを放っている。同時に、小麦のいい香りもする。バターの香りはしない。同じ国なのに、こんなお菓子は知らなかった。

表面が汗をかいているけれど、染みてはいかずにつるりと水滴が白い表面を滑っていく。蒸籠は底も籠のように編まれているので、そこから水分が落ちていくのだろう。

「すみません、妻の分と二つください」

「はいよ」

妻の分、と言われて思わず赤くなってしまった。食べ物に夢中になっていると思われていたらどうしよう。いえ、夢中になっていたんだけど。

熱いから、と紙に包んで出してもらったそれを受け取る。本当に熱い。でも触れない程ではない。

触ると予想以上に柔らかくて、見た目に反してずっしりと重い。中が煮た豆だからかしら？

「気を付けて食べてくれ。まいど」

「あぁ、ありがとう」

パーシヴァル様は片手で持っているけれど、私は両手で持たないと落としそうだった。

軽く会釈してゆっくり道を歩くものの、油断すると落としてしまいそう。

「ミモザ、あそこにベンチが」

「はい……！」

綺麗に整えられた木で編んだベンチには、座面に布が敷かれている。

そこに並んで座ってお菓子に取り掛かることにした。

「あったかそうですね、パーシヴァル様」

「そうだね、それにすごく甘い匂いがする」

「食べてみましょう」

「火傷《やけど》しないように気を付けて、ミモザ」

頷いてから、まずは半分に割ってみる。

少し歩いている間に多少は冷めたけれど、中を割るとまた湯気が出てきた。赤い豆を煮たのか、濃い茶色の物がぎっしり詰まっている。お菓子の皮もふかふかで、これ以上割くことができずにその段階で固まってしまった。

「中はこうなってるのか。ふむ……これはかぶりつくんじゃないかな？」

「や、やっぱりそう思われますか？」

熱そうなのもそうだけれど、かぶりつくにしても普通もう少し小さく切ったり千切ったりしてからだ。

本来のマナーとしては、食べ物は一口大に切ってから口に運ぶ。料理する方は切れないものは出さない。そういうことになっている。

でも、これは貴族のマナーだ。それに、サンドイッチなんかは千切って食べたりしない。オープンサンドも。

それでも、こんなに大きな塊に挑むことはまずないので、少し躊躇いがある。口を大きく開かないと、一口分であっても食べるのが難しそうだ。

「大丈夫だよ、ミモザ。ここでは皆そうして食べてるだろうし、今は私しか見ていない」

「あの、パーシヴァル様に見られるのが、一番恥ずかしいのですが……」

「ん？」

にっこり笑って聞き流された。たまに、たまーにこうして意地悪なのだ……でも、優しいと思う。

先にパーシヴァル様が割っていないお菓子にかぶりついた。大きな一口。噛んだ所からほんのり湯気があがったので、口の中に空気を取り込みながらはふはふと咀嚼《そしゃく》して飲み込んだ。

「これはあっついな！」

「そんなに？」

「あぁ、でも美味しいよ」

言われて、半分に割った片方をじっと見てから、一口のサイズを見つもってかぶりついた。

「あふっ……、……おいひい！」

「ね、おいしい」

口の中にほっくりとした芋に似た食感の潰した豆と、ふかふかの小麦生地が一緒に飛び込んでくる。小麦生地の方は塩っけがあるくらいで味はついておらず、代わりに豆がうんと甘い。

素朴な味わいだけれど、温泉で蒸したからかほんのり温泉の香りがする。こうして食べ物に香りが移ると、全然違った印象になる。忌避感は湧いてこなかったし、本当に燻製みたいな存在だと思った。

二人でしばらくお菓子を食べてから、近くのお店で冷えた果実水を買って飲む。甘くて大きいお菓子を食べたら喉が渇いてしまった。

緩やかな傾斜がついた街を上っていき、お店が途切れたところで橋を渡って向こう側に行く。

染色をした珍しい模様や色の布、木彫りの置物などの地元の特産品などを売るお店の他、串焼きや、こちら側にも果実水やお茶のお店があって雑然としている。蒸籠もあちこちで湯気を立てていて、既にお腹がいっぱいだったので見るだけにしたが、鶏肉や野菜を蒸したものを出してもいるらしい。クルミをすりつぶしたソースをかけて食べたりするそうだ。明日はこれも食べてみたい、と頭の中で考えた。

「……全部美味しそうだね？」

「ひゃいっ?!　えっ、あ、そうですね……」

バレていないと思ったのだけれど、蒸籠を見過ぎたのかもしれない。パーシヴァル様にこっそり囁かれて、ちょっと飛び跳ねてしまった。

最近はすっかり礼儀作法を学んでお義母様にも認めてもらっていたけれど、こういう咄嗟の時にはダメなようだ。

楽し気に笑って青い瞳を柔らかくする旦那様は、夕飯が楽しみだね、と言って私を軽く抱き寄せてくれる。たぶん、屋台でもう一つ何かを食べたら夕飯が入らなくなるのを見透かされているのだろう。それに、好奇心に負けそうなことも。

「……はい」

恥ずかしいとか照れるという気持ちはだいぶ落ち着いている。今は、ただこうして分かっていて抱き寄せてくれる掌が嬉しい。

そっと腕に体を預けて、ゆっくり散策して宿へと戻った。

◇◇◇

温泉も最高だった。

部屋にも内風呂があり、いつでも温泉に入ることができるのだが、温泉宿には大浴場も用意されている。

正確には、部屋のお風呂があるのは私達が泊まっているような最上級の部屋だけで、他の部屋に泊まる方は大浴場が当たり前らしいのだが、やはり貴族となると他の方とお湯を一緒にするのがイヤという人もいるらしく設備があるらしい。

入浴手順として体を清めてから湯船に浸かる、という図説もあるくらいなので私は大浴場だけでも気にしない。

ボルグの領館でいただいた大きいお風呂、というものがすごくよかったので、大きい温泉のお風呂、というものが気になって夕飯前に一度入浴してきた。

……最高だった。

確かに温泉は少しとろみがあるようなお湯だったたし、あの独特の匂いもあったのだけれど、もう慣れた。もともと鼻を刺すような刺激臭でもないので私とは相性が良かったのかもしれない。

肌はすべすべになったし、お風呂は少し熱めで冷めたりもしない。お腹の中からあったまったし、つま先までまだほかほかしている。

しっかり温まった後は浴場のすぐそこで果実水を振る舞われて、それがまた美味しかった。お風呂で温まって少し汗もかいたので、体に沁みる美味しさだった。

大浴場と部屋の往復でしっかりとしたドレスは着ないので、ゆったりとした作りの厚手のワンピースで移動をして、部屋でもう少しちゃんとした格好に着替える。

薄化粧をし、髪の水分も拭ってまとめ上げ、いい時間に夕飯になった。

この部屋では、料理を運んで給仕してくれるらしい。

居間部分でパーシヴァル様と向かい合ってセットされたテーブルについて、地熱を利用して育てたお野菜のサラダやら、温泉蒸しをしたお肉やお魚のメイン、山で採れた山菜の料理をいただく。

「まぁ、すごく柔らかいです」

「蒸す、というのは贅沢な調理法だね。たまには家でやってもらってもいいかもしれないね？」

「そうですね、お湯を使って茹《ゆ》でたり煮たりではなく、蒸気で火を通すなんて……温泉だからできるんでしょうね」

毎日そんなことをしていては、たぶん燃料費が大変なことになるだろう。それでも、蒸した鶏肉は蒸気を含んで柔らかく身がほぐれているし、味もぎゅっと濃縮されている。それでいて、余計な脂が落ちているので重たくもない。

自分が食いしん坊だとは思っていなかったけれど、昨日からずいぶんいっぱい食べている気がする。

温泉もご飯も本当によかった。滞在中毎日入っていたら、領館に戻る時にはそれこそ卵のようにつるつるのお肌になっているかもしれない。

「ミモザ、この後はどうする？　お茶にするかい？」

微笑んだパーシヴァル様の目は優しくて、普段より磨かれている私の肌を見てくれているのは分かる。

分かるけれど……。

「そうですね。寝る前にもう一度お湯をいただいて……それから少し、パーシヴァル様とゆっくりしたいです」

「では、私も大浴場に行こうかな。また後で、ミモザ」

「はい」

パーシヴァル様が立ち上がって、自分の寝室に向かわれた。ダイニングには私が残される。

「はぁ……」

「ミモザ様……」

給仕に徹していたルーシアが、ため息を吐いて両手で顔を覆った私に近付いて声をかけた。泣き出しそうに見えたのかもしれない。

泣いたりはしない、と思っているのだけれど、苦しいのは確かなので、まだ顔をあげられそうにない。

新婚旅行までは、明確な理由があった。

私は脚を挫《くじ》いて、パーシヴァル様は忙しくて、私も忙しくて。

でも、新婚旅行に来てから、私はずっと一つの悩みを抱えていた。

「ルーシア……あのね、私、……魅力がないんじゃないかしら……」

「！　いいえ、いいえ。そんなことはありませんよ……！」

慌てたようなルーシアの声に、それでも心の中で「でも」と言いたくなってしまう。

明確に何かを言われたわけではない。

酷いことをされているわけでもない、と思う。

それでも、これ以上気にしないのは難しく、相談も難しい一つの悩み。

「……でも、パーシヴァル様、あれ、今日も何もなく眠られるおつもりだわ……」

「それは……否定できませんね……」

はしたないかもしれないけれど、私は今日『も』パーシヴァル様とベッドを共にしないかもしれない。

大事にされているのは、分かっている。愛されているとか、好かれているとか、色々ちゃんと感じ取れている。

だけれど、式の時には私が怪我をしたからで……その後すぐ、パーシヴァル様は忙しくなられて。タイミングを逃しただけ、というには長すぎる時間が過ぎてしまった。

そのまま新婚旅行に来たものの、パーシヴァル様は旅行に来てからは露骨に避けている気がする。私をではなく、私と同じベッドに入ることを。

――私たちは、未だ白い結婚状態だ。

「ミモザ様……もしかしたら、領館に戻られてから、とお考えかもしれませんよ。いえ、私が主人の心をはかってはいけないんでしょうけれど……」

「そう、そうね……温泉の匂いが苦手でしたもの。思った以上に消耗されているのかもしれないし、この街ではそういう気にならないかもしれないわね……」

はしたない話をしてしまっているのは分かっている。隣の部屋に聞こえないように声も抑えているけれど、これ以上長引いて聞かれてしまうのも怖い。

「うん……今夜、もし、普通に眠りそうだったら……、お話ししてみようと思うの」

「ミモザ様……」

ルーシアが言葉を切る。

口に出していいかは、分からない。しかし、このままでは何も分からないまま、私の中に不安が募るばかりだ。

結婚したのだって、私を望んでくれた結果、すんなりと私と結婚できるように手を回してくれたのだと知っている。

それでも、こうして女としての私を……妻としての私をパーシヴァル様が求めないのは、何か理由があるのかしらと思う。

美味しいご飯を食べて、楽しくいたはずなのに……私は胃がしくしくと痛み始めて、そっとお腹に手を当てた。

「……お風呂に、行きましょうか」

痛い、と言ってしまえば、この新婚旅行にケチがついてしまいそうで、私はもう一度大浴場で温まろうと立ち上がった。

部屋の中は温かいのに、指先が冷えている。

◇◇◇

大浴場を出て、楽な服装のままルーシアと共に部屋に戻る。居間とダイニングを兼ねた部屋で、パーシヴァル様も楽な服装で寛いでいた。使用人はいない。たぶん、下がらせているのだろう。

部屋に戻った私を見つけると、ぱっと顔が華やぐ。

「ミモザ、おかえり」

「はい。ただいま戻りました、パーシヴァル様」

私も、嬉しくなって笑みを返す。

ルーシアがそっと壁際に控えた。私が、二人にしてほしい、とルーシアに告げると、そっと使用人用の部屋に下がっていく。

パーシヴァル様に近付くと、人払いしたのを見て軽く首を傾げられた。

「どうしたの？」

「いえ、あの……お、お話が、あります」

今、すっかり温泉で温まってきたところだというのに、体がひゅっと冷えていく。

声が震えたし、手も震えている。それでも、パーシヴァル様の隣まで歩いて行って、ソファに座った。

「うん、教えてくれるかな」

様子のおかしい私を急かすこともなく、パーシヴァル様の大きな手が、震える私の冷たい手に重なる。

緊張でどうにかなりそう。望まない答えが返ってきたら、私はどうしたらいいんだろう。悪い考えが、黒いモヤになって私の足元から立ち上ってくるようだ。

「……パーシヴァル様、その……」

「うん」

逃げそうになる。今ならまだ、なんてことのない話題で誤魔化せるかもしれない。

しかし、ここで逃げたら、このどこにも行き場のない痛みといつ終わるか分からないまま付き合い続けなければいけない。

パーシヴァル様に、苦しくても笑いかける日々が始まるのかもしれない。疑ってしまうのかもしれない。

それは、すごくイヤだ。

「わた、私は、……魅力が、ないですか？」

「ミモザ!?」

パーシヴァル様を見上げて、最大限言葉を選んで、これを言うのが精一杯だった。

驚いた勢いで私の肩を摑んだパーシヴァル様が、焦ったように顔を歪める。なんだか、パーシヴァル様の方が泣きそうだ。

「どうして、そんな……」

「本当に、分かりませんか……？　……私たち、結婚したのです……夫婦、なのです」

私の言葉に、パーシヴァル様の手がびくっと揺れた。何か動揺したのだろうか。なぜ、どうして、という私の言葉が、最初の一言を皮きりに溢れてしまった。

申し訳なさ、悲しみ、暴いてはいけないものに触れてしまったような罪悪感、そして情けなさのごちゃまぜになった感覚が私を支配して、目を伏せた。

「……ミモザ……」

パーシヴァル様の声が、小さくなって、震えている。

はっとして顔をあげると、本当に、泣きそうな顔をしていた。

「……すまない、君をそんなに悩ませていたなんて……配慮が、足りなさ過ぎた」

「パ、パーシヴァル様……？」

自分の肩を震える手で摑み、すっぽりと包めるような大きな体を縮こまらせて、何かに耐えながら泣くのを堪えているようなパーシヴァル様の顔に、私は焦った。

どうしよう。本当に、触れてはいけなかったのかもしれない。

「明日……明日、外で話そう。明るいうちに。……どうかな？」

泣きそうな顔で、口角を無理矢理あげて、パーシヴァル様が笑う。

頰に触れた私は、ごめんなさい、と口の中で呟いて、それからうんと頷いた。

彼の頭を抱き込み、大きな背中をそっと撫でる。

黒いモヤはどこかにいったが、パーシヴァル様の泣きそうな熱を確かに感じて、私はただただそれを受け入れた。

3　心の交感と計画と

翌日もまた、温泉街へと散策に繰り出す。一晩寝て多少は持ち直したのか、パーシヴァル様の顔にも、私の顔にも悲愴感はなかった。

ただ、ちょっとだけ気不味《きまず》い。昨夜の話題が話題でもあったし、お互いの寝室から出て居間で食事や会話をする時に、目を合わせられなかった。

「では、ルーシア。行ってきます」

「いってらっしゃいませ」

ルビーと並んで旅館前で見送ってもらい街へと足を踏み出した。今日は、この街の本屋をはじめとした屋台ではないお店に行きたい、とルビーに相談したのだ。いくつかのお店やおすすめの場所を教えてもらい、パーシヴァル様にエスコートされて散策開始だ。

「……ミモザ、その」

言いにくそうに口を開いたパーシヴァル様をそっと見上げても、目が合わない。前方に向いていて、何か考えているようだ。

きゅ、と口を一度結んでから、ぎゅっと逞しい腕に抱き着いた。

「ミ、ミモザ？」

「あの、パーシヴァル様！　……大丈夫です、お話しする機会は、ちゃんとあります」

だから今は楽しみませんか？　と慌てて此方《こちら》を見たパーシヴァル様と視線を合わせて、笑う。

……今の私は、きっと笑うのが多少うまくなっているはずだ。ちょっと気合は必要だったけれど、ぎこちない感覚はない。

少し驚いたようなパーシヴァル様の顔が、ふっと弛《ゆる》んで微笑みを浮かべる。

「そうだね。まずは本屋に行こうか？」

「はい！」

王都の本屋は何度も通ったけれど、他の街で行くのは初めてだ。この街の本屋にどんなものが並んでいるのか、差があるのかないのかだけでも、比べられれば嬉しい。お義母様の……アレックス・シェリル先生の本がここでも人気なのか、なんてことも気になる。

そうして笑って、楽しみになったら、無理をしなくても自然と笑顔になった。

パーシヴァル様と一緒にいられる時間、こうしてデートできる時間をまずは大事にしよう。

手を握って、軽い足取りで教えられた本屋に向かった。

温泉街の本屋は湯煙の影響の少ない街の外れに近い場所にあり、中心からは遠かった。温泉街そのものの大きさが王都の一区画よりも小さいので困ることはなく、ちょっと長めの散歩という程度で済んだ。

最初に街中を見て回りながら本屋に向かったのだが、小さな本屋だ。それもそうか、とハッとしたのは、王都は貴族の街があるけれど、ここはそもそも平民の街ということなのだ。

本は高い。高いけれど、たぶん手が届かない程ではない。この辺は特に観光地として賑わっているのだから、豪商や温泉が湧く土地を持つ人、宿の経営をしている人などは手が届くのではないだろうか、とパーシヴァル様がこっそり教えてくれた。

本のラインナップを見て回った限りそこまで見知らぬ本や劇的な内容のものはなかった。内容の傾向が、自国の歴史や地理に関するもの、旅行記、それから隣国に関する古い料理の本や多少の風土記といったものだった。

ルビーもそうだったが、どういう風に見て回りたい、と言われた時に自分の街を口頭で案内できるのだ。

観光地ならば、この街から他の街にはどう行くのか、王都まではどのくらいなのか、どういった宿場町があるのか、ということを簡単にでも説明できた方が良いだろう。それに、隣国からも人は来るのだ。これも、多少でも知らなければ気持ちよく滞在してもらえないかもしれない。

本屋からして直轄地でありながら観光産業に向けて頑張っている取り揃えで、それが特に面白かったように思う。一度図書館で風土記などを借りて読みこんでみようかと思った。

それからは、大通りに戻るように歩いた。途中に手足だけを浸す温泉の流れる東屋があったり、住民が利用する食堂や雑貨屋があったりして、退屈もしない。ごく普通に洗濯や買物に出ている人ともすれ違うし、子どもたちが遊んでいるのも見かけた。

パーシヴァル様が足を止めて遊ぶ子どもたちを見る。私もそちらに目を向けた。

「……パーシヴァル様は、お子を儲けるのが、おいやですか？」

女の子が一人と、男の子が三人。皆同じくらいの年頃で、一緒になって遊んでいる。

ちょっと距離があるので、こちらの声は聞こえていないだろう。ただ、子どもたちのはしゃぐ声はよく響いて、私達のもとに届いた。

「嫌ではないんだ。でも……考え無しにはできないな、と悩んでいる」

答えには変な緊張はなく、悲壮感もなかった。ただ、静かに事実が下りてきたと思う。嫌だな、という気持ちは私にもなかった。

何か言おう、と思って口を開いたタイミングで、ぐう、と私のお腹が鳴り、パーシヴァル様も不意打ちに目を丸くしたけれど、私は一瞬で耳まで熱くなった。は、恥ずかしい……！

「す、すみません！　真面目に考えていたのですが！」

「……っふ、あはは！　ごめん、朝から結構動いたしね。私もお腹が空いたから、ご飯を食べに行こう」

「は、はい……」

ここで、いえそれは後回しで、と言えるはずもない。続きを話している時にまたお腹が鳴ったら今度こそ私の顔からは火が出る気がする。

恥ずかしくなって両手で顔を覆いたくなったが、片手をパーシヴァル様に握られたままの私は、そのまま教えて貰った大通りの食堂まで楽し気なパーシヴァル様に引かれていった。

◇◇◇

お昼を食べに入ったのは、温泉蒸しの料理を出しているよさそうなお店だった。

漆喰で真っ白な壁で、すっきりとしたシンプルな家具の店内で、席数そのものもそこまで多くなく、寛げるような造りだ。

パーシヴァル様と一緒に案内された席で、昨日から気になっていた鶏肉と根菜類の温泉蒸しにくるみのソースのかかったものを食べた。パーシヴァル様は他にも頼んでいて、もうすっかり温泉の匂いには悩まされていないようだ。

気分もお腹も満たされて店を後にして、観光途中で休めるような広場に向かう。

整えられた石畳に噴水があり、緑も植わっていて、散歩中らしい老夫婦や先程とは別の遊んでいる子どもたちもいた。

石造りのベンチにハンカチを置いてくれたので、並んで座る。大通りからは何本か通りが離れているので、ここは静かな場所だった。

「えっと……先程の、続きなのですが」

「うん。ちゃんと話すね。……ごめんね、ミモザ」

「はいっ!?」

急に謝られた私はびっくりしてしまった。何のことだろう、と頭の中で考えてみるが、昨日既に不安にさせたことは謝ってもらったので、他の理由が思いつかない。

「君が悩むのも当然だ。妻に、と望んだのに、私がダメな態度を取ってしまった」

申し訳ない、と真剣な声で告げて深く頭を下げられる。

すぐに顔をあげてもらって、また泣きそうな顔になっているパーシヴァル様と視線を合わせて微笑んだ。

「でも、初夜のタイミングを逃したのは、私が足を挫いたせいです」

「その後、話す機会はあった」

話す機会はあったけれど、私としては武闘大会で怪我をしてほしくなかったので、あの慌ただしい時期にこの大事な話はできなかったと思う。だから、今でよかったとは思っている。

「新婚旅行に来てからも、その……別々に休むばかりで予兆もなかったのが、不安、でした」

「うん……話せばよかったと、反省している」

「いえ、私からもっと早く、お話ししておけばよかったのです」

お互いにタイミングを逃していたということで、なんとか謝り合戦を回避した。

「私は、子どもを持つのが嫌なのではない。それに、君と寝室を共にしたいというのは、その……ずっと思っている」

「は、はい」

ベンチに並んで座りながら、パーシヴァル様は姿勢を此方に向けてくれているし、私もパーシヴァル様に向かうように座っている。

お互いに照れて赤い顔をしているのだと分かるし、パーシヴァル様はその雰囲気に流されてベッドに雪崩《なだ》れ込まないよう外で明るいうちに話をしようと私を誘ったのだろう。

「ミモザは可愛くて、しっかりしてて、深く考えることができるし、ちゃんと胆力も備わっている。凄く魅力的だし、好きなものをどんどんあげて喜ばせたくなる愛らしさもあるし、その、……君はとても美しくて魅力的な人だ。見た目も、心も」

「パ、パーシヴァル様……？」

まるで今まで堰《せ》き止めていたものがなくなったかのような怒濤の誉め言葉に、私は心臓が煩くなるのを感じる。

「君を見つめる時、その熱がどうしても抑えられないと思ったことは何度もある。君との子どもはきっと可愛い、と思ったことも……それだけではなく、ただ君に溺れたいと思ったこともある」

囁くような掠《かす》れた心地よい声が、私の体を抱きすくめる。

子どもの遊ぶ声に、他人の気配、噴水の心地よい水音が遠くなって、パーシヴァル様の声と瞳に吸い寄せられてしまう。

外だと分かっているのに、パーシヴァル様の熱を受けて、私の中にも熱がともるようだ。

「それ、でも……その、悩んでいることがあって」

「はい……」

ただ只管私にだけ注がれていた瞳の熱が、ふいに睫毛の下に隠れてしまう。少し残念に思いながらも、その苦悩の大きさに痛ましさも覚えた。

パーシヴァル様の手を、私の両手で包んで引き寄せる。

「お話しくださいますか？」

「うん。……ここでなら、君に話せる」

ここでなら、と言われて首を傾げた。場所が大事なのだろうか。

「ミモザも知っている通り、私は子ども時代肥っていた」

「ええ、お家の事情ですものね」

うん、と頷く。

「……王太子殿下のお話をした時に、あまり気にしていないように話したんだが……、私はあれが酷く嫌だったんだ」

「え……？」

私にとっては、それこそが意外だった。

パーシヴァル様の家族仲は悪くないし、今まで自分の子ども時代について、笑みを含んで話してくれていた。

全く問題なかったとは言っていなかったけれど、今になってまで懊悩するようなことも聞いてはいない。

何か心に傷があるような振る舞いも言動もなかった。

でも、嫌だったのだと告げるパーシヴァル様の顔も声も、切実だ。

「家では話せない。私を教育した父上も母上もいる。一族の伝統に則りそうした教育をするというのは、父上も経験したことでもあるし……よかれと思ってしてくださっていた。それを嫌だったと語るのは、何かのきっかけで耳に入ってしまったらと思うと、怖くて誰にも言えなかった。もちろん騎士として王宮に詰めている時に、寮での会話でも話せない」

「はい」

パーシヴァル様の声には、ご家族を大事に思う気持ちが痛い程籠められている。

自分に施された教育が嫌だった、なんて両親に知られたくないのだろう。それだけ、その点だけが嫌で、他の点では沢山の愛情を受けていたのだと思う。

「虐待だとは思わない。健康面は徹底的に考慮されて管理されていたし、こうして大病一つなく育って、今も健康だ」

「そうですね、お元気でいらっしゃいます」

「子ども時代も元気だった。でも……子ども同士でも、その子どもたちの親からも、蔑みの視線が向けられる。無条件で見下され、中傷されることもあった。それに、食事はしっかり管理されて自分の好きなものを食べたいとも言えない。贅沢をしたわけでもないのに、肥っているからと罵《ののし》られたり、好奇の目に晒されるのが、本当に嫌だった」

「……っ！」

考えてみたこともなかった。

自分や家族の怠惰で肥ったわけでもなく、好きな物を好きなだけ食べたわけでもなく、決められた食事と運動を行いながら肥らされた挙句に中傷される。子どもの集まった場で浮いてしまう。

それは確かに、嫌だろうと思う。……私がカサブランカの妹だからと、デビュタントで向けられた人たちの態度。

あれをずっとされていたのだと思うと、辛い。

……私だって、白豚、と思ってしまったのだ。悪意はなくとも、そういう風に心の中だけでも形容してしまった。自分が可愛いとか、ただ似ているなと思っただけで本人に言わなかったとしても、パーシヴァル様はそうなるように管理されていたのだ。

お義父様もお義母様もすごくいい人たちだ。本当に優しく、温かく、家族として受け入れてもらっている。

パーシヴァル様もその気質をしっかり受け継いで、優しく温かく私の側にいてくださる。

だからこそ、伝統、と言われてそのような幼少期を過ごした時に、嫌だと言えなかったのではないだろうか。傷付いた、とも。

そして、ご両親も聞かなかったのだと思う。ずっとやっている受け継がれてきたことだし、虐待でもなんでもないからと。乗り越えるべき道だという認識だったのではないだろうか。

「私は、この伝統を自分の子にも課さなければならないのか、と悩んでいる」

「パーシヴァル様……」

「こんなにも苦しんだことを、自分の子に、伝統だからと行わなければならないのかと……」

パーシヴァル様の手に力がこもる。苦しそうに絞り出された声に、胸の奥がぎゅうと締まった。

「……気づけなくてごめんなさい、パーシヴァル様。……どうしたいか、この旅行中に話し合いませんか？」

「ミモザ……」

「ルーシア達にも聞かれたくないのでしょう？」

一文字に唇を結んで何かを堪えながら、パーシヴァル様が一つ頷く。

「では、どんどん外に出ましょう。湖の傍ででも、こっそりあの通路を通ってでも、二人きりになりましょう」

「しかし……」

今度は私が、首を横に振った。

「この問題にまずは私達で答えや目指すところを見つけませんと、先に進めません」

私だってシャルティ伯爵家が大好きだ。パーシヴァル様のことが一番好きだし、今の家族や環境は得難いものだと思っている。

伝統、という言葉で行われたことで、パーシヴァル様が深く傷付いて、そのうえ誰にも相談できなかったのだ。

それが今、パーシヴァル様が親になるかもしれない、となった時にこうして傷が開いた。そして私はパーシヴァル様からその傷について話が聞けた。はじめて、パーシヴァル様は自分の傷を誰かに痛いと言えたのだ。

ならば、一緒に傷に向き合わなければ。

お義父様とお義母様とも最終的には話し合いたいけれど、まずは二人で向き合ってみたい。

過去をそのままにして未来には行けないのだと思う。私の傷は、パーシヴァル様が一緒に向き合ってくれた。

「パーシヴァル様、あなたの大きな優しさが、私は堪らなく愛おしいです」

誰も恨まず、傷付けまいと口に出さず、そして私にはこうして話してくれる。

傷を思うと嬉しいとは思えない。それでも、愛おしくて泣きそうになった。

パーシヴァル様を抱き寄せて、その背中をゆっくりと撫でる。

彼の大きな手が、縋るように私の背中に回されて、少しの間黙って抱きしめ合った。

◇◇◇

温泉旅行の間、私とパーシヴァル様はせっせと外にでかけて、二人きりでしっかりと話し合った。

その結果、本当にその伝統によって体を傷めた人間はこれまでいなかったのか、ということを調べるのと、伝統に則れば確実に肉体が大きく育つのか、ということを調べることから始めようとなった。

パーシヴァル様の中には、嫌だった過去ではあるけれど誰にも恨みがない。恨むような気持ちも、憎むような気持ちもない。

だから問題として対処しよう、となった。相変わらず寝室は別だったけれど、気持ちは近くなった。

パーシヴァル様の愛情はちゃんと感じられるし、ふれあいが全くないわけでもないし。

ずっと、かっこよくて優しくて気が回って強くて、可愛いところもあって完璧すぎる旦那様だ、と思っていたけれど、だからこそ他人に言えない傷があったことに、実は少しショックを受けた。

愛おしくてたまらなかったけれど、そこまで深くパーシヴァル様のことに気づけなかったのだ。

どれだけ本を読んでいても、想像力が足りなかったんじゃないかと、自分を責めたりもした。

パーシヴァル様がここまで深く傷付いていた中で、何か失言を今までしたのではないかとか、怖くなったりもした。

だって、私は別に性格がいいわけじゃないのだ。そもそも態度が卑屈で引きこもりだった上に、悪意なく心の中でだけとはいえ「白豚」と思ってしまうような人間だ。

思考の深度が深くとも、どれだけ頭の中で言葉を繰り広げ精査して口に出すとしても、そもそもの性格がいいとは言えない。

何か傷付けていたかもしれない、と必死に思い返してみるものの、パーシヴァル様の優しい言葉ばかりを思い出してしまって、ろくに参考にならなかった。

それを今、ほじくり返して「私も無意識で何か傷付けてしまっていたら……」なんて謝ったところで、すっきりするのは私だけだろう。パーシヴァル様に気を遣わせてしまうのは一目瞭然だ。

今は一緒に問題を解決するために、夫婦で取り組むべき時だ。

パーシヴァル様は王都に戻れば騎士の方々とお話しする機会があるので、立派な体格の人たちにどんな幼少期だったのか、どんな訓練をしたのかを聞くことになった。

私は家事の一環で家系図の管理もするし、他のお家の方についても勉強している所である。自分の家について知りたいということで、これまでの伝統に則った教育を受けた方々について調べることになった。主治医の先生にもできるだけ話を聞いておきたい。

この辺りの方針や目標、その方法や、期限も定めるまで、二人で話し合っていたら、あっという間に王都に戻る日になった。

明日は朝から馬車に乗って出発するという夜に、ボルグの部屋でパーシヴァル様とお酒を開けた。王妃様が、減らしてくれ、と言っていたので、少しずついただいていたのだけれど、今日のは特別なものだ。

エドワード様とも相談してあったので問題なく手にとったけれど、年代物の貴腐ワインだ。琥珀色の液体は白ワインなのだろうけれど、ブランデーのような深みがあり、栓を開けただけで部屋の中にうっとりするような甘くて濃厚な香りが広がった。

お酒だけはよくないからとナッツやチーズ、ドライフルーツも置かれている。

「明日にはもう帰るんですね」

「うん。……ミモザが私の妻で本当によかったと実感した」

「……嬉しいです」

実感の籠もった声に、私はそっと目を伏せて答える。パーシヴァル様が話してくれたから、私はパーシヴァル様に手を差し出せる。

全部自分が助けてあげる、とは言えない。そんな力はないけれど、一緒に悩み、考え、解決に向かって頑張ることはできる。

「私こそ、パーシヴァル様が私の旦那様で、本当によかった」

ワイングラスの中の、蕩ける程に甘い香りを放つ琥珀の液体を揺らす。

丁寧に造られたこのお酒は、年代を重ねて濃縮されていったのだと分かる液体だ。お酒の良し悪しなど、ほとんど縁がなかった私にとってはいまいち理解の及ばない所だけれど、このお酒が素晴らしいのだということは理解できた。

「このお酒のように、一緒に歳を重ねていけたらいいですね」

貴腐ワインのように丁寧にブドウを育てて、管理を徹底して年代を重ねていく。いくつもの瓶に同じお酒を注いでおいて、時には悪くなってしまうものもあるかもしれないけれど、いいものを残しておきたい。そして、節目に思い出しては蓋を開けるような。

そう続けたら、パーシヴァル様が目を伏せて、噛みしめていた。

「私は本当に、ミモザが妻でよかった」

全身全霊で愛情を示してくれるお義母様や、態度で愛情を示してくれるお義父様。それに、私のお父様は寡黙ではあったけれどお金を貯めるという方法で愛情を示してくれていた。

パーシヴァル様はある程度は言葉や態度で示しながらも、一番深い所で沈黙という愛情を抱えていた。傷と一緒に。

私は、そんな人たちの愛情を受けて、相談したり言葉にしたりすることを覚えた。

私の言葉による愛情が、パーシヴァル様には心地よいのかもしれない、と思うと、受け入れられるという愛情を感じて堪らなくなる。

「私がパーシヴァル様の妻としてそう思っていただけるのは、パーシヴァル様のおかげです」

飲みましょう、と笑顔で告げて、ゆっくりとお酒を楽しんだ。

新婚旅行で、深いつながりを得ることができた。これから未来に向かって、二人で頑張ろう。

◇◇◇

「パーシー！　パーシヴァル・シャルティ！」

しかし、物事は平穏無事にとはいかなかった。

馬車で帰宅した次の日の朝。移動で疲れているだろうからと騎士のお仕事はあと二日お休みのパーシヴァル様と一緒に朝食を摂っていたら、お義母様が大変な剣幕で食堂に乗り込んできた。

扉の外からすでに聞こえていた怒声に二人で顔を見合わせると、パーシヴァル様がお義母様を迎えるために立ち上がる。

私も立ち上がってお義母様を迎えた。一目散という形で、食堂の扉からまっすぐパーシヴァル様のもとにお義母様はやってきた。ちらりと私を見るお義母様の目には申し訳なさがあって、それから眦《まなじり》を吊り上げてパーシヴァル様に向き直った。

「お話があります。何の用件かは分かっていますね？」

低い声だ。なんだか周囲の温度がぐっと下がったように感じて、私の腕や背中が鳥肌をたてる。

お義母様の剣幕といい、この寒々しい気配といい、なんでこれでパーシヴァル様が静かに微笑んでいられるのかが私には分からない。騎士だからだろうか？

「分かりました。しかし、その件についてはミモザに隠し立てすることはありません」

「それは分かりますが、それとこれとは別です」

たぶん、話の内容としては、私が不安になってしまったこと……初夜をまだ迎えていないことなんだろうけれど、お義母様は私が気が弱いからとか、よく分かっていないからみたいな理由で後回しになった、と考えていそうだなと思った。

本来ならばパーシヴァル様の行いは私に恥をかかせている。もっと言えば、その気にさせておいて放置もしているし、妻を蔑ろにする行為とも言える。つまり、初夜を迎えていないというのは私にとって大変な不名誉で、使用人からも侮られる要因になる。

どれだけ統率されていようと、躾《しつ》けられていようと、使用人を介して家族に知られれば、こうして怒られるようなことだ。

お義母様は、自分の息子に対して怒っている、というのを明確に示して私の立場をよくしようとしてくれている。

……お義母様に家事を習っていなかったら、私も分からなかったかもしれない。

「私の部屋に来るように。ミモザちゃんは大丈夫よ、ちょっとパーシーを借りるわね」

「は、はい！」

一度くらい、一緒のベッドで休んだ、という振りだけでもした方がいいのかしらと思ったけれど、ちょっと破廉恥な小説で読んだような痕跡を自分で工作するような真似が実際に合っているかどうかも分からない。なので、無駄に使用人の仕事を増やすのもどうかとは思う。

こっそり考えながらも、お義母様が肩を怒らせて部屋を出て行ったのを見送って、パーシヴァル様ともう一度座った。

「うん、これは、私が怒られてくるよ」

「お願いいたします」

誰が悪いわけでもない。使用人が……ルーシアが、一ヵ月も二人きりだったのに一切そういうことがなかった私達を心配してお義母様に伝えるのは、もう仕方がないのだ。

後でパーシヴァル様にお好みのお茶を淹《い》れながらお話を聞くことでなんとかお義母様の怒りを二人で分けよう、と思いながら、残りの朝食も食べ進めた。

二人で一緒に乗り越えるしかないのだからと思いつつ、この邸に戻ってきた以上は夜寝る前の打ち合わせしかできないだろうかと考えた。やはり、ルーシアや他の使用人には分かってしまうらしいし、お義母様も様子見してくれていたのだろうけれど、これだけ長引いて新婚旅行ですら……となって、いよいよ我慢できなくなったのだろう。

一般的に考えれば、私は手を出されない、魅力がなく愛される努力をしていないダメな妻であり、結婚後に怪我の療養を待って新婚旅行に向かったにも関わらず義務としてでも手を出さなかったパーシヴァル様はダメな夫になる。

幼少期に肥ることで嫌な思いをして、それがきっかけで子どもができる行為に及ぶのを恐れているパーシヴァル様の気持ちを聞いた以上、私はそれを解決せずには無理を言う気はなかった。無理をしてほしくもない。

しかし、この事情を愛情深いこの家の方々が聞いたら、聞いただけでどう思うだろうか、とも思う。

パーシヴァル様は過去に起きたことで人を恨んでいないのだ。できるならば、それをするかしないかを選べるように、そして不利益も含めたうえで説明をし、選ぶのならばしないで済む方法を求めている。そのために、私達は調査をしようと話し合ってきた。

誤解によって家族を傷付けたくはないが、話し合いをするのならば、その理由としては話せる。微妙な差かもしれないが、パーシヴァル様にとって、自分で解決策を一つも持っていないうちに、ただ「止めたい、止めて欲しい、嫌だった」とは言えない。

過去のことをどうにかしたいわけじゃなく、謝罪して欲しいわけじゃなく、未来に起こることを防ぎたい。

しかし、パーシヴァル様だけではなく、お義父様もそれを経験してきて、そのうえパーシヴァル様に行ったことでもある。話題の扱い方が慎重になるのは仕方がない。

私はこの件が解決するまで、白い結婚でもいいと納得している。そのために一緒に考え、実行するのだからいいのだと。

でも、今はお義母様にそれも説明できない。となると、まだ初夜を迎えていないことを知られたらパーシヴァル様が怒られるしかないのも現状だ。情けないけれど、その批難は受け止めるというのも、ボルグで話し合っておいた。私が怒られた時には、私が怒られるというのもちゃんと決めてある。

パーシヴァル様がお義母様から解放されてお茶を飲んでいるところに、穏やかな調子のお義母様がやってきた。

「パーシー、ミモザちゃん、お邪魔するわね」

先程あれだけ怒っていたのに、今はもうけろっとしている。どちらが演技なのかは分からないけれど、今は本当に心が穏やかそうに見える。

「お義母様、どうされました？」

「ミモザちゃんに、招待状……いいえ、召喚状を預かっているの」

「召喚状……」

招待状ならば、慣例として断ってはいけない、というものもあるが基本的には強制ではない。

召喚状は、命令だ。発行元が公爵家であっても、本家筋とかでなければ出すのが難しい程の強制力がある。差出人のあたりが一瞬でついてしまったが、私は冷や汗をかきながら、何かの冗談であればいいのにと椅子の上で背筋を伸ばした。

何かで係争中ならば裁判所から送られてくることもありえるけれど、私は訴えてもないし訴えられてもいない。

つまり、王家からの召喚状。

何か知らないうちにやらかしてしまったのかしら!?　と頭が真っ白になる。

「そんなに身構えるような内容ではないけれど、色んな人が一度に呼ばれているの。色んな人がいくから警備は厳重になるし、そうなるとパーシヴァルは付き添えないから、ミモザちゃんは一人で行くことになるわ」

「は、はい……！」

お義母様が差し出してくれた封筒を、震える両手で受け取る。

上質な厚紙の封筒に金の箔で複雑な模様が描かれている。宛名はたしかに、流麗な文字でミモザ・シャルティと綴られていた。

恐る恐る裏返せば、封蠟の紋章は王家のもの、それも国王陛下のそれだ。

何も悪いことはしていないはずなのに、ざっと血の気が引く。お、おもたい……。

「大丈夫。私も同じ日に呼ばれているのよ。だから当日そこまでは一緒に行きましょうね」

「お義母様ぁ……！　ありがとうございます……！」

パーシヴァル様がすっかり蚊帳《かや》の外でお茶を飲んでいる。私とお義母様も、すっかり蚊帳の外にしてしまったのだから何も言えないけれど、これは別件なのだから少しは助けてほしい。プレッシャーで潰れそうです、パーシヴァル様。

「ミモザちゃんも忙しくなるわよ」

そう言って、お義母様は私に召喚状を渡してささっと部屋を出た。

「それで、いつ呼ばれているのかな？」

そこでようやくパーシヴァル様がこちらを見た。お義母様と、やはりあまりいい空気では終われなかったのだろうか？

「見てみますね。えーと……一ヵ月後、です」

「……日が近いね」

王宮に召喚するのだから、三ヵ月程度は見て欲しい、と私も思う。

相応《ふさわ》しいドレスを準備しなければならないし、情報も集めなければならない。他にもたくさん、とお義母様が言っていたので、馬車も込み合う可能性がある。

もしかしたら、新婚旅行中に他の人にはお声がけがあったのではないだろうか。さすがに、色んな人を呼びつけるのにこんなに急では立ち行かない気がする。今は特に何か穏やかならぬ気配がある、というわけでもないので緊急性はなさそうだし。

それに、不穏なことがあっても私が呼ばれる道理がない。

「一体何があるんでしょう……」

「うーん……、思い当たるのは文化交流、かな？」

「お隣との、ですか？」

お茶が冷めてしまったので、ルーシアが淹れ直してくれたものを一口飲む。

豪華すぎる召喚状をお茶の席に置くのは怖いので、盆にのせて一度避けてもらった。

「うん。国王陛下が君を召喚する理由が……王妃様からの推薦以外で思いつかない。しかも、色んな人と言っていたし、母上も呼ばれているのなら、と思うと」

お義母様の小説は文化交流の第一陣だったはずだ。

他があったら分からないけれど、王妃様のお茶会で翻訳の上で隣国でも出版される、と聞いている。

先程召喚状を持ってきてくれた時のお義母様は随分軽い調子ではあったし、お義母様も含めて複数呼ばれているのならその可能性は高い。

真剣な顔でカップの赤い水面を眺めた私は、紅茶を飲みながら寛いでいるパーシヴァル様に向かって居住まいをただした。

「でも、パーシヴァル様」

「うん？」

なんとなく用件のあたりがついていたパーシヴァル様は、今の私の様子にこそ少し緊張しているみたいだ。背筋を伸ばして、真剣な顔を作った。

少し身を乗り出して、精一杯の難しい顔をパーシヴァル様に向ける。

「どうしたの？」

「私が、文化交流の関係で呼ばれる理由が分かりません」

パーシヴァル様は真剣な顔から鳩が豆でもぶつけられたような顔になり、それから頼りない声で「うん……そうだね……」とだけ言って、また寛ぎ始めてしまった。

えっ、なんで？　そうだね、では会話が終わってしまう。何も解決していませんよ!?

「それよりも、陛下に謁見するためのドレスはどうする？　今から注文にいくかい？」

そ、それよりも!?　私の召喚理由より……も……？

しかし、ここでいくら検討しても私が呼ばれた理由に答えが出ないのは確かで、ドレスは片付けなければいけない、やらなければいけないことだ。

少し考えてから首を横に振った。

「ええと、新婚旅行先でご用意いただいたものは、すべて下賜されているものですので持ち帰って来ました。その中に袖を通していない格式の高いものが残っていますから、そちらを着ます」

それこそ王宮で用意していただいた衣装以上に格式が高いものを用意するのは難しい。

「そう、よかった。他に準備しておくものとかはない？」

先程見た召喚状の内容は簡潔で、一ヵ月後の日時と場所が謁見室であること、会えるのを楽しみにしているという一文が綺麗な字で書かれていただけだ。

「たぶん、ないと思います」

持ち物についての項目はなかった。あるならば、たぶんお義母様からも一言言われたと思う。でも怖いので後でお義母様に相談しよう。

「では、召喚状のことは一度置いておこう。せっかくのお休みなのに、ミモザがそれに掛かり切りになってしまっては寂しい」

なるほど、朝食中は眉を吊り上げていたお義母様が、穏やかそうになってこのタイミングで召喚状を持ってきたのは、そういう意味だったのかと納得しつつも驚いた。

ちょっとした嫌がらせで、パーシヴァル様は分かっていて口を挟まなかったようだ。長引くのを避けたらしい。話題を流したのも、二人きりで過ごせる時間をその話に獲られたくなかったのかなと思う。口元が妙な感じに歪みそうになった。

どうしよう、パーシヴァル様とお義母様が喧嘩をすると、こんなに可愛いことになるの？

堪えきれず小さく笑うと、パーシヴァル様の目も悪戯っぽく輝いた。まるで、気づいた？　とでも言うように。

「……ご一緒に本でも読みませんか？」

「君の部屋に行ってもいい？」

「もちろんです」

召喚状にヤキモチをやいてくれるようなパーシヴァル様が可愛くてしかたがなくて、その後は同じ部屋で本を読みながら、ゆっくりとした時間を過ごした。

4 『白豚』の理由

謁見室に集められた人は老若男女様々だったが、ざっと十名以上はいた。

私と同年代の人が多く、中にはメディア様もいたし、メディア様を介して知り合った物作りが好きな面々はほとんどいた。王宮に招待ではなく召喚されているのに、この場を含め、玄関ホールや待合室ではしゃぐわけにもいかず、まだ挨拶できていない。

お菓子作りが趣味のモリス様だけがいらっしゃらないのも気になる。

物作りが好き、という共通点かしらと思ったのに、お菓子は違うのか、と内心首を傾げた。

内心なのは、実際は初めて入った謁見室の左右に分かれて国内の貴族の代表者がずらりと並んでいるのに緊張しているからだ。お義母様は、近衛騎士のお義父様の代わりに代表者としてそちらに立っている。

謁見室はとても広く、天井も高い。玉座は床よりもずっと高くなっていて、今は空っぽだ。陛下の玉座の両隣に豪華な椅子が二つある。

玉座までの階段は赤い絨毯が敷かれ、そして下には貴族が両側に分かれて整列している。真ん中は、こうして謁見する私達が所在なく立って玉座を見上げるばかりだ。

「国王陛下の御成りです！」

両側の貴族も、私たちも、一斉に最敬礼の姿勢になる。両膝を突いて頭も視線も下げるのだ。

足音が聞こえて、それが止む。

「楽にしてよい」

穏やかながらも深みのある声がそう告げた。従って、一斉に起立した。

濃い金髪の穏やかそうな方だ。三十代の後半くらいに見えるし、確か記録でもそうだったと思う。

絵姿で知ってはいたけれど、実際にいらっしゃるとその存在感はくらべものにならない。騎士のように逞しくはないけれど、引き締まった体軀《たいく》をされている。

白い詰襟に光沢のある薄青の糸で刺繍された清廉な印象の服、豪奢なマントを身に着けていた。

王冠は金属でできたサークレットだ。恐ろしく装飾が凝っているので王冠だと一目で分かる。

絵姿の時は布張りの大きなものだったので、あれは日常的には身に着けないのかもしれない。

「今日はよく集まってくれた。もう既に存じている者もいるかと思うが、国を挙げての国交をはじめるにあたり発布のために喚《よ》んだのだ」

玉座から降ってくる声は、声を張り上げているようには見えないのに、はっきりと私達に届いた。

そこで慌てて私語を口にする人間はおらず、シンと静まり返っている。

宰相、と呼ばれて陛下の隣に身形《みなり》のよい男性が出てきた。手には巻物がある。

「我がクロッカクス王国は、隣国アズマテリアとの大々的な文化交流を今後はかることとなる。書物、人材の交換から始まり、今までの交易品目にない品々のやり取り、合わせて文化の発展へ力を入れ、クロッカクス王国を開き、アズマテリアを受け入れるよう進めていく。詳細は追って通知するのでよく目を通しておくように」

何の件で呼ばれたのかな、と不安だった気持ちが、文化交流のためだと知れて多少落ち着く。それでも、真ん中に集められた私達に一体どんな話があるのか、と疑問と緊張はまだあった。ドキドキしながらお言葉を待つ。

「そこに集まった者には、美術館に収める作品作りを命じる。クロッカクス王国は趣味と称して様々な文化芸術が発展している。今までは仕事ではなく貴族が主体となって様々な作品を生み出し、交流のある者との間で育ててきたはずだ。その発想と技術は一歩抜きんでたものと言える。よって国に収め、我が国の文化として発する一歩として展示する場を設ける。……自信を持って作品を仕上げよ、できぬ者には命じぬ。そなたらの技術の粋を期待している」

作品を国に収める。

一瞬何を言われたのか分からず、頭にその命令が沁み込んで、ざっと血の気が引いた。反射的に無理ですと叫びたかったけれど、それを叫んではいけないことなのは分かっている。ふらつかないように必死に足に力を籠めた。

さすがに謁見室にもざわざわとした声が広がっていく。

芸術は、主役ではない。クロッカクス王国では絵は室内を飾るもの、刺繍は生活を華やかにするもの、音楽は身内で楽しむものだ。

生活を邪魔してはいけない。ほどほどに目に楽しく、自己主張をしすぎないことが大事。

宰相が下がり、陛下が再び口を開く。

「クロッカクスでは代々趣味を基調とした社交を行ってきた。……我が国の国土は狭く、立地もよいとはいえぬ。飢饉や干ばつで呆気なく国力は弱る、そういう国だった。国の古い歴史を紐解《ひもと》けば、当初この国は祖国を追われた文化芸術者を中心とした開拓者たちの集まりだった。開墾し、開拓し、住めるようにした後、文化を内密に発展させてきた。一から、だ。そして、最初は口伝で、その後も書物に残して、それでいながら、決して疎まれぬよう趣味という個人の範囲、または技術という他者に寄与する範囲で細々と受け継がれてきたのだ」

国の成り立ちは貴族ならば歴史の中で習うもので、何百年も前の話だ。

疎まれないように、というのは、確かに考え方の根底にある。

メディア様はすごい絵を描くけれど、受け入れられるかどうかを慎重に判断していたのは、国の成り立ちの歴史による。後は、教育もあると思う。

貴族は趣味を持ってそれを高めていくのがよい、とされているけれど、この国には美術館というものはない。発表する場がない。

個人の範囲で、お茶会などで広めるくらいだ。

陛下の言葉に、体の奥から震えるような、何の属性もない強いエネルギーが湧いてくる。

「今の世は平和だ。我が国の文化は秘かに、それでいて高い水準で発展している。しかし、遅れている部分もあるのが現実だ。アズマテリアでは医療と科学の発展が目覚ましい。我が国からは芸術を、あちらからは科学を、互いに交わすのが目的である。其方《そなた》らの発想と技術は長い歴史に漉された一滴の澄んだ雫《しずく》だ、思うままに、作品を作ってほしい」

そこで言葉が切れた。

属性のないエネルギーは歓喜と鼓舞になり、涙が出そうになるほど喜びを感じている。

自然に膝を突いて最敬礼していた。

それは、周りに立っていた召喚された人たちも同じのようで、陛下の満足そうな声が聞こえた。

「この者たちの活動を、ひいては今後、文化芸術を発する者たちを迫害してはならぬ！　積極的に助けよ！　以上だ！」

力強い言葉が夏の太陽より熱い温度で降ってきた。圧倒され、苦しい程の熱があって、強烈に照らす光。

今までこっそりと隠してきたものを明るく照らす光。戸惑いながらもその光に導かれるままに進んでもよいと鼓舞され、喜ぶ自分の中にある何か。何かは熱く火を抱えていて、それが全身に、そして周囲にまで広がっていく炎であることは間違えようがない。

こうして謁見は胸に火を灯して終わった。

◇◇◇

「ミモザ様！」

「メディア様！　すごい、すごいことです！」

詳しい説明を別室で受けたあと、迎えの馬車が来るまでは好きにしてよい、と解放されたサロンで、メディア様と一緒にはしゃいだ。

興奮を抑えきれずに、両手を握り合う。メディア様の頬が色づいているが、たぶん私もそうだろう。

はしゃぐ私達の近くに、謁見室に居たゴッヘン侯爵令嬢のフローラ様とクォーツ男爵令嬢のベル様も近付いてきた。

久しぶりの再会を喜び、今日の命令を下されたことを称え合う。周囲の人もそうだろうと思うのだが、物作りに没頭するような人がここに呼ばれたのだろう。

詳しい説明では、一年以上の猶予があるが、最低でも一作品、それ以上でも制作できるのなら提出してよいということになった。制作にかかった金額は申請すれば出してもらえるし、元手がなければ先に補助金も出るらしい。

また、建造物については本日呼ばれていた中に建築家も招かれていたのでその人が担当する。まだ箱ものができていないのが現状で、美術館を中心に外国の人が生活できるような街を作る計画も出ているとのこと。本当に大がかりな計画だ。

他にも彫刻を得意とする人、家具を得意とする人もいる。その人たちは、服装でなんとなくそうかな、とは思っていたけれど、平民だ。今日集められたうちの半分ほどは平民だろうと思う。あの召喚状を貰って一層、血の気が引いたんじゃないかと少しばかり心配になった。

メディア様は絵画、私は刺繍、フローラ様はレース編み、ベル様は銀細工が得意。

中でもベル様は、宝飾品や装飾品の職人は基本的に平民だと知っているので敬遠する気持ちがないらしい。私も特に嫌だと感じることはないし、この部屋にいる人たちはそれぞれに身分の差をそこまで気にしていない人が多いように思う。平民側の人も、そこまで恐縮している感じではないように見える。

気にしているのは、今後どんな風に自分たちの作品を作っていくか、どう扱われるかという点だ。

「美術館に収めて展示されるのですよね」

「ギャラリーに展示するのとはまた違うのでしょうね」

「私の場合は装飾品を扱うショップのようになるのでしょうか？　素材から見直してもいいかもしれません」

「レースは主役にはなり得ないと思うのですが、服飾関係の方もいらっしゃるので共同制作でもいいかどうか、確認してみようかしら？」

集まった私達は思い思いの感想を述べた。

これまでは自分の手の届く範囲で見せていたものが、自分の手を離れる。そうして他者の目に触れる。

日常で使う物、から、見せる物、になる。それだけでも、何を作ればいいのか、タガが外れたように考えてしまう。

そういったことを興奮した気持ちのまま話し合っているうちに、次々と迎えの従者が来る。一度に返さないのは、あれだけ集められた貴族でもう一度道が混雑するのを防ぐためだろう。

私はお義母様と一緒に帰るように打ち合わせているので、最後まで残ることになった。

「メディア様、またお話ししましょう」

「えぇ、もちろんです。すぐご連絡いたします」

やがて平民は乗合で帰ると呼びに来られて他に誰もいなくなり、お茶の用意がされたテーブルの真っ白なテーブルクロスを眺めながら、私は頭の中で図案を描き始めた。

一体どんな作品がいいだろう。私は、何を表現したいだろう。

白いテーブルクロスの上に、頭の中だけで色とりどりの糸が舞う。

花を描いたり、幾何学模様を走らせたり、雪の結晶や宝石を縫い取っていくが、それが何を表わすのかが定められずに妄想しては霧散していった。

「ミモザちゃん、待たせてごめんなさい。帰りましょう」

「あっ……お義母様！　かしこまりました」

　ぼんやりしていたところに声をかけられて私ははっと顔を上げる。

　申し訳なさそうに眉尻を下げたお義母様が居て、一緒に馬車に乗って帰路に就いた。

　その馬車の中で今日のことを話し合う。

「お義母様も、本日の発布で正式に作品のことが公になったんですよね？」

「ええ、そうね。今日はほら、美術館にこの国の作品を集めることを中心にお話しされたから。あの後、細かな説明はある程度の人数ごとに集まって発表されたの」

　集められた私達の他にも、あの場に呼ばれた貴族はそれぞれ分けられ、今回の命令を知らされたらしい。

　小分けにしたのは、一人が対応できる人数で説明を行き届かせて、これまでに集めた情報以上にそれぞれ質問や要望を聞き届けるためという理由もあったようだ。命令とはいえ、こつこつと準備を進め、足並みをそろえて進めていきたい、ということらしい。

「新しいことをするのなら、反発はある。どれだけ準備しても躓くこともある。それでも、諦めないで進む。……王妃様が輿入《こしい》れされた時からずっと考えていたことらしいの」

「王妃様が……？」

　夕暮れに染まる街並みを馬車の窓から眺めながら、お義母様が教えてくれる。その口元には笑みが浮かんでいて、なんだか満足そうにも見えた。

「ええ。……王妃様は、輿入れされた当初は全然今のような力がなかった。性格も違っていたわ」

「性格が？　前からあのように堂々とされているのかと思いました」

私が驚いて返すと、お義母様の笑みが深くなる。懐かしむような目は私を向いていたけれど、私じゃないものを見ているようだ。

「いつか仲良くなったら王妃様がお話しするかもしれないから、今は内緒にしておこうかしら。……でもね、王妃様はこの日に向かって準備してらしたのよ。情報を握って、女性と社会を隔絶させないように手を尽くして。やっと今日で一歩なの」

お義母様はいつも明るくて、優しくて、行動力があって、私を導いてくれる。

でも、今日の明るさは、親しい人の喜びを一緒に喜んでいるのだと分かる。

「よかったですね……！　お義母様も、ずっと応援してらしたんでしょう？」

「ええ、もちろん！　本当に嬉しいわ……、まだこれからだけれど、進み始めたのよ。私達も頑張りましょうね、ミモザちゃん」

「はい、お義母様！」

笑顔でお互いに頑張ろうと決意しているうちに、馬車はシャルティ邸に着いた。

お義母様の「新しいことをするのなら、反発はある。どれだけ準備しても躓くこともある。それでも、諦めない」という言葉が、お義母様に対して隠していることがある自分にも強く響いた。

パーシヴァル様とのお話をするためにも、作品作りと一緒に調査は進めなければ。

それが公になってしまうと躓くどころの話ではない。お茶会でのいいスキャンダルになってしまうだろう。

こっそり、だけど確実に。諦めない。

馬車の中でもう一つ決意をして、私はお義母様に続いて馬車を下りた。

◇◇◇

翌日からは、しばらく手紙の交換で精一杯になってしまった。

謁見の間で一緒になったメディア様たちとの情報交換に加え、あの日は姿が見えなかったもののお菓子作りが好きなモリス様ともやり取りがあった。モリス様はモリス様で、国内各地の特産品を使った日持ちするお菓子の考案といった打診が来ているそうだ。

すでに各領地で作られているお菓子もあるので、その調査などから関わるらしい。また、王妃様の花園でお会いした貴婦人の方の指導のもと、輸送費を含めた原価の計算なども考えて製菓は商業という枠で行うらしい。

もちろん、これらは国からの依頼という形をとっての商売になるため、経営や会計には専門の人がつく。

お菓子作りで材料費や自分の人件費、そして出来上がったものに対してどれだけの価格をつけるのか、それがこの国独自のものならばその付加価値はどうなるのか、というのも含めて、これから数年は勉強もしながらだわ、と手紙では語っていた。

他にも、読書や刺繍を趣味にしていて一緒にお茶会をしたご夫人からの問い合わせも増えた。淑女らしい柔らかく遠まわしな言葉ではあったけれど、発布自体を知っていても、どんな作品になってどんな計画なのか詳細を我先に知りたい、というものばかりだ。お義母様の周辺からはそんなに届いていないので、社交界新入りの私に集まっているのだろう。

「手紙を書く練習ね！」

「は、はい！」

詳細もなにも、自分の作品のことすら何も決まっていない今、答えられることはない。

どうやってはぐらかした返事を書こうかと、一通り手紙に目を通してから悩んでいたら、お義母様がそう言って一緒に返事を考えてくれた。

まだまだ社交界の人間関係を把握しきれていないし、性格も分かっていない。

誤魔化されている、と分かりやすい方がいいのか、それともはっきりと、まだ言えませんと返した方がいいのか。または、私もよく分からなくて、と困って見せた方がいいのか。図らずも、先般、社交界に飛び込んで学んだことのさらに先に踏み込んだ内容を教えてもらうこととなった。

お義母様の笑顔ながらも厳しい指導のもと、楽しく、全部の返事を書き終わったのは謁見から一週間後になってしまった。

もちろん調査の方は進んでいない。ずっとお義母様と一緒なので、調べるも何もできるわけがない。

「まさか、ミモザちゃんにこーんなに手紙が集中しちゃうなんてね……」

「いえ、あの時召喚されたので、目だってしまって……」

「そうなのよ！　何もあんな風に目立たせなくてもいいのに！」

お義母様が、もう、と少し大袈裟に怒ってみせてから、ふっと息を吐いた。

「これまで、趣味の範囲だと思ってやってきたじゃない？　気質としては、確かにのめり込みやすい人が多いのは事実なの。これと決めてはじめたら、皆何かは夢中になりやすいのだと思う」

分かります、という気持ちを籠めて頷く。

「だからこそ、というか……簡単に言えばヤキモチなのよね」

「や、やきもち？」

困ったわ、と言いながらお義母様は片手を頬に当ててため息を吐いた。

「自分はもっと長年やってきたのに、自分だってすごいのに、という気持ちがあるのよ……あの場に若い人が多かったのは、周囲の大人たちに教えを請いやすい、というのもあったのよ。共通の趣味でお茶会もしているしね」

「なるほど……確かに、自分よりはるかに年上、という方はいらっしゃいませんでした」

周りにいる人間よりも年上では周囲に意見を聞かなかったり、相談するのも似た思考の人になりがちだったりではある。

社交の場で面倒な別意見の人と今さら話さない、としている人はいる。誰から見ても仲が悪い相手同士を、同じ場には招かないようにも気を付けたりする。

私も含めてお友達になった相手は、少なくとも人間関係や思考のしがらみが少ないと思う。自分たちもまだ気を遣いきれていないけれど、自分たちが気を遣われなくてもいい、ということでもある。

絶対に顔を合わせたくない相手は特に思いつかないし、まだ未熟であると自覚があるから教えてもらえるなら素直に聞く。

「……作品の出来よりも、そういった私の背景なども考慮されている？」

「そうよ」

お義母様は王妃様の相談にものっていたそうで、色々な悩みや考えを聞いていた。

その中に、何を基準にして人選すべきか、というものがあったらしい。

平和な期間が長くなり、建国の徒がクロッカクス王国の文化として残した文化芸術を価値あるものとして他国とのやり取りに活かすというのは考えていたらしい。

王妃様の祖国であり最初の文化交流を行う国、アズマテリアは、医療や科学といった研究分野が進んでいる。それは、事象に対して一つの答えを得るといった文化で、それに没頭する人たちが多いと聞く。

国の特色がどうやって作られていくのかは私には分からないけれど、その気風は王妃様には合わなかったそうだ。

女性は小さく可憐な方が素晴らしい、でしゃばらないことが大事で男を常に立てる、研究は結婚までで家庭を得たら仕事はやめる。

王妃様は背が高く、可憐ではなく美しい。力強い美を持っている方だ。アズマテリアの環境では、すごく大変だったと思う。

「王妃様は嫁いでから変わった。国王陛下が王妃様に『王妃』という仕事を任せたことも大きいし、この国は答えは一つではなく多種多様であるという、ちょっとふわっとした考え方が主流でしょう？　結婚しても、趣味、という形でずっと自分の技術を研鑽できるし……私のように仕事だって持っている人が多い」

お義母様のバイタリティ溢れる生活はなんとなく知っている。なんとなくなのは、気付いたら家事も仕事もやっているからだ。こくこくと何度も頷いた。

「今の王妃様はご自分の見せ方を分かっているし、この国の水が合っていたのでしょうね。芸術に関しては趣味の範囲なので女性社会でも失敗される方は少なかったけれど、事業に関しては社交場が少なくて難しかったの。今は王妃様が情報交換の場を作ってくれているからやりやすいじゃない」

王妃様の花園のことだ。いきいきと情報交換していた姿は、どなたも本当に素敵だった。

「でもねぇ、輿入れの際も、その後王妃様が変わられる時にも、花園に皆さまを招き始めた時にも、どうしてもヤキモチはあったの。ヤキモチというか、嫉妬、羨望、……難しいわねぇ」

「……これまでから、変化するから、ですか？」

お義母様は考えてから一つ頷く。

「誰かに選ばれる人というのは、それだけでも眩しく見えるわ。誰かの導きがあって、新しい輪に入る人。それまで重ねてきた努力や研鑽があるから余計にね」

「お義母様にも……ありましたか？」

今はアレックス・シェリルとして活躍している作家のお義母様は、一見何にも問題なくすごしているように見える。

しかし、問題がないなんて傍目からは測れない。いつも私のことを心配して、問題があれば解説までしてくれるけれど、お義母様にそういった経験や深く考える習慣があるとしたら、何かを超えてきたか、今も問題とうまく付き合っているからではないかと思った。

「あったわよぉ。でもねぇ、とりあえずなんとかしようと思ったの。解決するのじゃなくて、なんとかする、なのがポイントね。距離を取って問題を寝かせてもいいし、場当たり的な対応をしてもいい。とりあえず活動できればいいし、仕事に障らない程度に名誉は守っておけばいい。何もかもすっきり解決、なんて難しいわ。それに対応するだけで人生が過ぎてしまう」

まっすぐお義母様の目を見つめて何度も頷く。

お義母様はいつも目標が明確だ。それに向かって、どうしたらそこに行けるか、ということを考えている気がする。

私を可愛くするには、どうしたらいいのか、とか。あの時は早かった。行動がすぐに決まった。

「お義母様って、本当に格好いい淑女ですね」

思ったことがぽろりと口から出てしまう。

はっとした時には、お義母様が嬉しそうに笑みを深めていた。

「もちろんよ。私はずっと格好いい人でありたいの」

◇◇◇

パーシヴァル様と改めて打ち合わせができたのは、それから数日後のことだ。

相変わらず私に届く手紙は、最初と同じ内容なのに書き方を変えてくることがあり、しつこいものは間を置いて、のんびり返事をすることにした。返事は早く出すのが礼儀ではあるけれど、この場合、礼儀にかなってないのは向こうだからいいのよ、とお義母様と打ち合わせた結果だ。

パーシヴァル様が非番で私も少し落ち着いてきた日。お義母様はお義父様と登城していったので、ちょうどよかったのもある。

天気がいい秋の庭でお茶をすることにして、少し離れたところまで侍女たちをさげて、私とパーシヴァル様は確認をはじめた。まだ午前の早い時間だ。

秋薔薇の庭の中、白いシャツにグレーのベスト、黒いストレートのズボンというラフな格好だ。それでも絵になる格好良さで、まだ少し眠そうな視線が愁いを帯びているようにも見える。眠いだけなのは分かっているけれど。

文化交流の件で王城は人の出入りが増え、謁見希望も増加しているので近衛騎士団は忙しいらしい。昨夜も大分遅い時間に帰宅された。

「本日、早速決行しましょう。まずはやることを確認したいです」

背筋を伸ばして、にこやかに微笑みながらゆったりとした声で告げる。

多少声が流れても、表情や態度を普段通りにする、というのはパーシヴァル様から教わった。近衛騎士同士で緊急の連絡事項はそのようにして伝えることもあるらしい。人目がある時にはこう、と聞いている。

「うん。まずは家系図の確認……これはミモザがいいかもしれない。伯爵夫人の執務室にあると思うんだ」

「そうですね、おうちの中と社交関係はお義母様の管轄です」

「それから……私が騎士団で聞き及んだ話は追ってまとめるとして、もう一つが主治医への聞き込み。これは私が確認してくるよ」

お互いの役割を確認して、うん、と頷きあった。動くならば早い方がいいのは間違いない。

貴族としては恥ずかしいと言われることを、夫婦二人が納得してやっているだけだ。恥ずかしくない、とは言えない。

誰かに怒られたり貶《けな》されたりした時に、事情を全部詳《つまび》らかにしたところで、それは恥の上塗りでしかない。大人しく言われるままになるしかなく、だからこそ誰にも相談はできない。

相談はできないけれど、解決するには理解を求める必要がある。

これまでの価値観を変えてください、とお願いする立場なのだ。せめて、形だけでも納得できる材料を用意するくらいはすべきだ。

傷付けたくない、というパーシヴァル様の気持ちが、こうして整理してみるとよく分かる。

……例えば、お義母様に「刺繡はおやめなさい、刺繡は自分ができずに不愉快だったので嫌です」と突然言われたら物凄く傷付く。それはもう、盛大に。

シャルティ家で行っている伝統を変えるというのは、お義父様が経験してきたことを、同じく経験したパーシヴァル様が「嫌だったので自分の子には強制したくないです」と言う、相当に踏み込んだ話だ。正直、お義母様よりもお義父様がどれだけ衝撃を受けるのか分からない。

二人とも剣を使って戦う方だから、激昂した時にどのような状態になるのかも予想がつかない。

これだけ大事に思いあっている家族の間へ、この話し合いをきっかけに亀裂が入るかもしれない。

当然ながら、そんなことは許さない、と私たちのお願いや相談を頭から拒絶される可能性だってある。むしろ、これが一番あるのではないかと思う。

ただ話をするだけならば傷付けて終わりだ。その先を提示できれば、せめて会話になるのではないかと思う。

パーシヴァル様と、拒絶された時のこともボルグで話し合ってきた。

本来そうなるはずのことだから、その時は精一杯自分の子どもにできることをしてやりたい。パーシヴァル様はそう仰ったし、私もそう思う。

話し合いを始めたら、一ヵ月だけ頑張ろう、と決めた。裏を返せば、一ヵ月でどうにもならなければ私達は子どもを作る。

「緊張するね」

「あ……」

いつの間にか、テーブルの上に置いた手を握りしめていたらしい。自分でも気づかなかったが、強張ってしまった拳を開くのがなかなか難しい。

穏やかに言ったパーシヴァル様が、そっと手を取ってゆっくりと強張った拳を開いてくれた。

「私も緊張する。……若さに任せて頷かせるまで頑張る、とまではいかない」

「はい」

長引けば、周囲の家や人にも分かられてしまうことだ。跡継ぎができなくても仲の良い夫婦であることは可能だけれど、白い結婚だということがいつ使用人からでも広がるかは分からない。

醜聞を広めようということではなく、心配だ、と話される。どうしたって生活を見てくれているのだからそうなる。

自分の姉がどういった経緯で父親が違うと判明したかといえば、医師と使用人と記録だ。貴族の婚姻と次代を産み育てるというのは、義務の一つだから。

「失敗したら、その時は私達が意識を変えていくしかない。むしろ、失敗したらそれだけのことだ」

「……全力で、パーシヴァル様を御支えします」

こちらの緊張を解そうとしているのか、微笑んだままパーシヴァル様が私に言ってくれる。

ならば私は、そんなパーシヴァル様を支えると真剣な顔で頷いた。

「この伝統をしなくてもいい、という理由を探そう。排さなければならない、という理由ではない。話し合いをするために、理由を探そう。……ミモザ、しなくてもいい苦労をかけてしまうけれど」

「パーシヴァル様」

謝らせたりはしませんよ、とにこっと笑ってみせる。

「私が選んだのです。パーシヴァル様が苦しい思いを抱えたままではなく、せめて一緒に動くことだけでもしたいのだと」

そしてできれば、なるべくその望みが叶うようにとも思っている。

一瞬目を丸くしたパーシヴァル様が、ため息と一緒に力を抜いた。

「あぁ、一緒に頑張ろう」

「はい、頑張りましょう」

互いの健闘を祈ってティーカップを掲げ、私たちはお茶を飲み終わると動き始めた。

◇◇◇

「では、私はお勉強してきます」

「かしこまりました」

伯爵夫人の執務室はお義父様の執務室とは別で二階のプライベート部分にある。

基本的に一階は家族以外にも開かれた空間でお客様を招いたりするし、二階は家族の寝室や書斎があるものだ。

邸の規模も大きくなると二階以上にもサロンや応接間もあるが、宿泊されるお客様などが使うくらいで、やはり基本は一階にまとまっている。

家の使用人たちに関することも、社交に必要な資料も予算案や使用した伝票なども、もっと言えば現金や資産の各種証書もここだ。二階にある伯爵夫人の執務室に納められている。

また、これまでの妊娠記録や婚姻に関わる婚前契約書といったものも納められていた。資料室に置いておくと、シャルティ伯爵のもとで仕事をしている文官の目にも触れやすくなる。

この部屋に勝手に入っていい使用人はいないし、基本的にはお義母様と私が使う部屋で、シャルティ家の人間が入る場所となっている。

ルーシアもそれが分かっているので、手伝いを頼まない限りは部屋の前で別れる。

私がここで様々な家事を学んでいるのも鍵を持っているのも知っているので疑問にも思われない。

お義母様との勉強の中に、シャルティ家の伝統で子どもを一度肥らせてから鍛える、ということについて一緒に学んではいない。

家系図やこれまでの妊娠や子育ての記録に関しては、不安だったら見てもよい、と言われている。

自分の記録がどのように取られるのか、私は実の母親から学んでいない。資料は勝手に見ることができたけれど、別に見たいと思うものでもないし。

なので、お義母様に「女性ならば見ておいた方がいいけれど、自分一人で見る方がいいと思うの」と言われて自分に任されていたので、今回はいい機会かもしれないとも思った。

部屋の中から隣の資料室にも入れるようになっており、執務机の近くにある小さな扉を開けて資料室に入った。少し埃っぽい空気だが、お義母様がいる時に掃除はしているはずなので、資料の古さ故だろう。

予め習っていたのは家系図の方で、悲しいけれど子どもという年齢で没した記録はいくつかあった。

かなり前、それこそ二百年ほど前の所で、子どもが二人亡くなった記録が残っている。一人ならば何か事故でもあったのかなで済むのだが、二人となるとそれこそ事件か病気か、何か大きなことがあったんじゃないかと思う。

資料が残っているかどうかは賭けだったけれど、資料室の奥の方に当時の育児記録と妊娠記録があった。

手袋をつけて資料を持ち、執務室に戻って執務机に座る。家系図を開いて、しっかりと名前と記録の年月日を照らし合わせて読み始めた。

……記録はそう長くない。まず、この幼少の時分に没した二人にはもう一人弟がいた。家系図で分かってはいたけれど、意外と年齢が近い。

その母親がシャルティ伯爵家の直系で、婿をとった。婿が当時のシャルティ伯爵となり、母親は当時のシャルティ伯爵夫人になったらしい。妊娠記録の方に書いてあったのは、結婚は妊娠と直結しているからだろう。

それから、この当時のシャルティ伯爵夫人の母親……二人の子どもの祖母が虚弱体質であったことが書いてあった。だから男の兄弟を持てずに当時の伯爵夫人しか跡継ぎがいなかったらしい。

当時は家が興ってそう代を重ねたわけではなく、親戚筋といっても血の近い従兄妹や甥や姪しかいなかった。母親に似ずに元気に育った当時の伯爵夫人は婿を取って子どもを産んだが、先に生まれた二人の兄弟が流感で亡くなった、ということらしい。疫病と言えるほど酷い死亡率だったわけでもなく、症状が出にくかったために子どもたちが無理をして隠し、大人が気付くのが遅れ、肺炎となり亡くなった、と育児記録に書いてある。

仮に、一番後に産まれた子である彼らの弟が亡くなってしまうと、新たに妊娠や出産するにも危うい年齢でおきたことだった。それだけでなく、子どもを失ったという状況にシャルティ伯爵家は酷く落ち込んだ様子だったのが見て取れる。

私は顔の中心にぎゅうっと力がこもる。目の奥が熱くなり、古くもろくなっている資料に涙をこぼさないために、一度顔をそむけた。

この記録は、基本的には母親本人か、周りの侍女や乳母が当時の記録と共に日記のように書いている。

交替で世話をするための引継ぎの資料でもあるので、本当に細やかだ。そして、心配りがたくさんちりばめられている。

もちろん、母親である当時のシャルティ伯爵夫人に対する思い遣りも妊娠記録にはいっぱい書かれていた。

昔から情に厚い人たちが集まる家だったのかもしれない。

「……っはぁ」

思わず詰めていた息を吐く。遠く昔のパーシヴァル様のご先祖の記録が、なんとなく予感させていた。

ああ、伝統は子どもを守るためだったのではないか、と。

ハンカチで自分の涙を拭って泣き止むまで深呼吸し、自分の気持ちを落ち着かせてから、もう一度記録に目を通した。

◇◇◇

その日の夜、パーシヴァル様がカモミールティーを入れたカップを二つ持って私の部屋を訪ねてきた。

いつもの行動なので、部屋に招いて並んで座る。

でも、今日は扉を閉めて二人きりになったところから言葉が出なかった。

空気が重たいわけではないけれど、静かにしたい気分だったのだ。私だけでなく、たぶんパーシヴァル様も。

御礼を言ってカップを受け取り、一口、柔らかな香りがするお茶を飲む。

「……診察記録というか、健康管理の記録が細かく残っていたんだ」

「はい」

主治医の先生は代々医師の家系で、いくつかの貴族家の主治医と訪問医を務めているらしい。

だから、詳細な記録を持っていた。さすがに各家に残してある資料程遡ったものはないけれど、パーシヴァル様とお義父様の分の診察記録が残っていた。

パーシヴァル様は今の主治医が担当したのだということも分かり、どういったことを記録に取っていたのかを聞いたらしい。

今後、自分も子どもを儲けるのに知っておきたい、と言うと、快く教えてくれたそうだ。

「パーシヴァル様は産まれた時はあまり丈夫ではございませんでした」

調査は、主治医のそんな言葉から始まった。

「シャルティ伯爵夫人は武人の家系でしたので、若い頃の訓練や実戦での怪我もあり、その……少々妊娠が難しい体になっていたのがご結婚後に判明しました。月のものが不定期で、それが普通だと思いこまれていたようです。女性の兵士や騎士には、長期に渡る任務のために月のものをある程度コントロールする訓練もされるので……周囲も気付かなかったようでした」

他にも、筋肉の割合が増えすぎていて妊娠するための臓器そのものがうまく働かなくなっていた、という事情もあったという。

お義母様にそんな経緯があって、それでも諦めずパーシヴァル様を身に宿し、そうしてパーシヴァル様が産まれたのだと知って、また顔の中心にぎゅうと力が入ってしまう。

私が、直接話を聞いたわけでもないのに、こっそりと調べて知って泣くのはなんだか違う気がする。それでも、今の明るいお義母様が当時どんな風に子どもを授かるために頑張ったのかを、パーシヴァル様が主治医に聞いた限りで話してくれる。

単に、どうしてこの伝統を続けているのかとか、これまでに健康に害があった子はいなかったのか、という話を聞く前に不自然にならないようパーシヴァル様自身のことを聞こうとしたら、とんでもないことを知ってしまった。

「……後悔なさってますか？」

「後悔が半分と、感謝と、ほんの少しだけ自分を褒めたくなったよ」

パーシヴァル様が苦笑しながら静かにこぼした。

「感情のままに、なんでこんな酷いことをしたんだ、なんて、当時も今も言わなかった。言っていたら、もっと深い後悔があったはずだ」

「パーシヴァル様は、ずっとお優しいです」

大きく頷いて、私は一生懸命肯定した。本当にそう思う。

傷付いたのは事実だっただろうに、大好きな家族がそれを自分に仕向けたことを、よく喚かなかったと思う。私は拗ねて引きこもったから、余計にパーシヴァル様が優しくてできた人に思える。

「そうやって授かった私はちょっと熱を出しやすかったり、吐き戻したりしやすかったらしい。大病はしなかったけれど、体が弱い、というのが似合う子どもだったらしいね」

頑張って産んだ自分の子どもの体が弱い。それだけでも怖いのに、家系を辿ると流感で子ども二人が一度に亡くなったことがある。

……あの記録を知っていたのだとしたら、相当怖かったんじゃないだろうかと思う。

伝統を知っていても、その前に命が消えてしまうんじゃないかと、怖かっただろうなとまた泣きそうになった。我慢しないと。

「母上も父上も尽力してくれたそうだ。おかげで今、こうしていられる。ある程度育ったあと、シャルティ家の伝統をもって私は肥らされたけれど、主治医がかなり細かく健康診断をしていたよ」

「お義母様が、食べるものに気を遣ったとは聞いていましたが……」

「うん、それに専門家も頼って、かなり徹底していたみたいだ」

肥るにしても、それでかえって不健康になってしまっては困る。主治医が貴族ではないので、全体的にシャルティ伯爵家の心配とこれまでの伝統を重んじつつ、健康でいられるように腐心したそうだ。想像するだけでも大変だったろうなと遠い目になりそう。

そうして主治医は当時の往診の記録を見せてくれたらしい。三日ごとに体重を量り、食べたものの記録をチェックし、体調に不安があれば駆け付けて診てくれた。

「物心がつく頃には体調不良なんて起こさなかったらしい。どうりで、私の記憶では不健康だったなんて認識がないはずだ」

「そうですね、本当に小さい頃のことは、意外と憶えていないのでしょうね」

少しだけ、顔を見合わせてくすりと笑った。すぐにその柔らかな空気が落ち着いて、また一口お茶を飲む。

パーシヴァル様は沈黙して、その頃の記憶と向き合っているようだ。

「……私も調べてみました。それで……、なんで、これが伝統になったのか、というのは分かりました」

パーシヴァル様が少し目を瞠《みは》って、それから頷く。聞く準備ができたということだろう。

私は二百年ほど前に亡くなった兄弟の話を先にした。そして、残された下の子を丈夫に育てるために、当時のシャルティ伯爵家は家族も使用人も一丸となってその子の健康に気を配った。

それだけではなく、とにかく体力を付けさせるために食べさせ、運動させ、よく寝かせた。健康にいい、と言われるものならば、家族で試してからその子に与えた。

三歳ごろから急に増えた食事量と運動量で、いっぱい食べることが習慣付き、少し肥ったらしい。でも、すっかり健康で、風邪も引かなくなり、育児記録は七歳ごろまでびっしりと続いていた。

二人の兄たちが亡くなったのが、七歳と五歳だったから。

その後の記録もパラパラと捲ってみると、子どもが生まれたらその時に食べさせたあれがよかった、これがよかった、と前代から語られて食べさせることが中心になっていった。

当時は目新しかった食材も国中に普及して当たり前に食べるように変遷していった。そのうちに、「小さい頃に肥らせてから鍛えることで、より鍛えやすくなる」というような伝統になったらしい。たぶん、途中から騎士として功績をあげるようになっていったのだろうと思う。

だから、健康面では間違っていないのかもしれない。でも、やがてこういった成り立ちは記録の中にしか残らなくなって、親から子に、いずれこれを調べれば分かること、という感じに語られなくなっていったのではないかなと思う。

「難しいですね、子育てというのは……」

「そうだね、……はぁ、難しいな」

なんだか気が萎《しぼ》んでしまったように思う。本当に、話し合ってこの伝統をやらなくてもいい、とお願いしなければいけないだろうか。

「……話し合いは、必要だと思う？」

同じことを考えていたらしいパーシヴァル様が、姿勢を正して私に向き直った。

私もパーシヴァル様をまっすぐ見つめて、ゆっくりと頷く。

「必要です。……お義母様たちのためにも、必要ですよ、パーシヴァル様」

「母上のために……？」

片眉がちょっとあがったけれど、険のない顔だ。

「お義母様は、この記録を知っていたと思うんです。妊娠しにくいと分かった時点で、そうだった時に過去どのようにして家が続いてきたのか、必ず調べます。……だって、怖いですもの」

私ならそうだ。何もせずにそこで次の手を探さないでいるのは、怖い。自分一人のことだったら逃げてしまえばいいけれど、自分がシャルティ家全体に影響するようなことで先が見えないとなったら、何か行動しないと落ち着かない。

「だから、パーシヴァル様。相談はしましょう。なぜこの伝統があったかを知ったうえで、パーシヴァル様が私との子どもにどういう風にしたいのか、何を思うのか、ちゃんと話し合いましょう」

「ミモザ……いいの？　もしかしたら、嫌な思いをするかもしれない」

予想以上に愛情を注がれていたのだと知ったパーシヴァル様が、私を心配そうに見る。

子どもを守り、元気に育てるための伝統だった。それに私が、当事者のパーシヴァル様と一緒に何かを言うのだ。

嫌がられる可能性もあるし、今のような関係でいられないかもしれない。お義父様とお義母様が、どういう気持ちでパーシヴァル様を産み育てたのかを、事情を、知ってしまった今では特にそう思う。

それでも、パーシヴァル様が負った傷は、どんなに後から癒えたり納得したりできても、消えはしないのだ。

自分の子どもがそんな思いをする、というのは嫌だ。

「はい。……お願いします、私も責めたいわけではないのです。話し合って、変えていきたい」

「うん、そうだね……ミモザ、君が、私の妻でよかった」

パーシヴァル様の大きな手が、私の頰を優しくなでて包む。

目に宿った熱は、いろんな感情や考えを共有したことで、一層静かに、熱く燃えているように見える。

は、と熱い息が漏れた。そのまま呼吸が細くなり、パーシヴァル様の顔が近づいてきたのを見ながらそっと瞼を閉じる。

柔らかい熱が唇に触れる。

その体温と自分の体温を混ぜ合わせる、長くて穏やかな口付けに、優しい愛情を感じて涙が溢れた。

この温かい愛情を、もっと強く感じたい。

◇◇◇

また明くる日からパーシヴァル様もお義父様も忙しく登城する日々となった。

パーシヴァル様と、お義母様の予定とお義父様のお休みに合わせて、ちゃんと約束を取り付けてから話し合うようにしようと決めた。

なので、先の日付で家族でお茶会をしませんかと誘ってある。冬に差し掛かる頃だから、まだ先だ。

真剣に話し合いたいことがある、とちゃんと言わなければ、この話を聞いてもらうのが難しいだろう。

朝のお見送りのあと、お義母様は書斎にこもるらしい。

私も、そろそろ美術館に収めるための作品作りに真剣になろうと思う。

ある程度、頭の中で構想は練っていたけれど難しい。いつもなら、真っ白なハンカチやクロスに枠を嵌めれば模様が思い浮かぶのに、今はじっと見ていても、途中で模様がほどけて消えてしまう。

頭の中で定まっていないのに刺し始めても、糸も布も無駄にしてしまうので困ってしまった。

パーシヴァル様にいただいた針仕事の部屋で、棚に収めた色とりどりの刺繍糸を眺めて、時には色を組み合わせてみたりした。

他にも、お義母様に図の色々載った本を借りてみたけれど、難しい。

自分の手持ちの物語を読んでしまったら、きっと私はその物語を刺してしまう。今まで通りであり、それは自分の作品と言い切れないので今回はダメだ。

人をイメージして刺繍してみてもいいかもしれないけれど、基本的にそうやってモチーフにする時には、その人の好意的に感じる部分を選んで刺す。すると、伝えたい部分がはっきりしているので、色はその人の髪や瞳の色を選び勝ちだし、ハンカチの中に収めてしまう。

これまで『こうしてきた』というノウハウがあるテーマだと、私はそこに収めるように考えてしまうらしい。

「うーーん……」

違うのよ……、と唸って針仕事の部屋の長椅子に体を伸ばした。

お行儀が悪いけれど、クッションを抱えて半分寝そべっている。頭が重たくて疲れてしまったのは、悩みすぎなのかもしれない。

「図案やテーマじゃなくて、先に作品の大きさを決めてしまおうかな……それとも、テーマが決まった方がいいかしら……」

お昼寝でもするようにクッションに頭を預けながら、半分横になって呟く。

一枚の大きな作品にするのか、連作にするのかでもだいぶ違う。お義母様の小説を読んで刺繍したものは、並べたら同じシリーズのように見えるだろう。そう考えたら、先にテーマを決めた方がよさそうだ。

「私が刺繍をするのは……どんな時、だっけ……」

起き上がって、引き出しからペンとインク、メモをするための紙を持ってテーブルに戻る。

「まずは、本の感想。これは読書の後にはやりたくて刺してしまうようになったもので……」

独り言を呟きながら箇条書きにしていく。

本の感想に、花や季節というテーマでの刺繍、服にも刺繍を入れるし、大きなものならばテーブルカバーやベッドカバー。クッションにも刺繍をするし……カーテンにも入れたことがある。実家の自分の部屋のものだ。

シャルティ伯爵家に来てからは、パーシヴァル様のマントにも刺繍をした。

「大きなものだと、カーテン、マント、テーブルクロス、ベッドカバーあたりかしら……」

テーマとしては、やっぱり物語……と思うけれど、どんな物語がいいか思い浮かばない。

誰かが書いた素晴らしい物語をテーマにしてもいいのならすぐにでも作品にできそうなのに、なんだか、胸を張って「自分の作品です」とお出しする気にはなれない。

もちろん、この本をテーマにして刺繍しました、とアレックス先生へのファンレターへ同封するのは続けるけれど、あれは自分の作品とは思えない。溢れる感動を刺繍として作っているだけだ。

文字で綴ったりメディア様と直接盛り上がったりする感想とは違って、胸の中に物語が生きているうちに、言葉にならない思いを一針一針刺している。

「刺したくなるような……なにか、私のテーマはないかしら……？」

ペンを構えたまま、そこで書くのも止まってしまった。

何かはありそうな気がするので、一度文字にしてみたらいいのかもしれないけれど、私には文才がない。

本を読むのが好きになってから少し経った頃、自分でもお話を書いてみよう、と挑戦してみた。

登場人物の動きの矛盾を消していくうちに、なんだかお話が平坦になってしまってつまらないし、軸もぶれた話になってしまったのだ。隠し通したい、誰にも言ったことのない秘密。

もちろん、カサブランカに見つかって扱《こ》き下ろされる前に燃やした。ちゃんと燃やしました。

そんな調子なので、自分の中にありそうな何かを一度物語として書き出してみる、というのはやめておくことにする。

考えあぐねた私はペン先を拭ってインクに蓋をし、少し散歩でもしよう、と部屋の外に出た。

冬が近くなって緑の濃くなった庭園を歩く。

初めて訪れた時からあまり攻略の進んでいない生垣の迷路の前で、足を止めた。

「……ルーシア、私、ここに入るわ」

「かしこまりました。ちゃんとついていきますね！」

「お願いね」

明るい調子で言われて、うん、と頷く。

薔薇のアーチをくぐって生垣の道に入ると、外から見ているよりもずっと生垣は背が高かった。

足元には地面を這うような植物や背の低い花が植わっていて楽しい。

周辺はすっかり緑で覆われて見えないので、こうやって目を楽しませる工夫をしてあるのだろう。

外からでは分からなかったことだ。

「遠くから見るのと、近くで見るのとは違う……」

少し歩きなれてくると、頭の中が作品のことで占められていく。

何か、自分の中に表現したいものがあるのに、うまく出てこない。

そのもどかしさに少しだけ顔を顰《しか》めながら、右に、左に、まっすぐ、と迷路を進んでいく。

「……ミモザ様？」

ぴた、と私が足を止めると、ルーシアがどうしたのだろうと声をかけてきた。

「ルーシア……戻る道、憶えていますか？」

初めて挑戦する迷路で考え事をしていた私は、すっかり道に迷っていた。

迷路の攻略も戻ることもできなくなって泣きそうな微笑を浮かべてルーシアを振り返ると、少し目を丸くしてから「もちろん、すぐに戻れますよ」と頷いてくれる。

ほっとして、ここを散歩する時には誰かと一緒でなければ、と心に決めた。
作品のテーマも大きさも図案も何も決まらなかった。

5
約束と衝動

「だだだ、大丈夫、ですか、パーシヴァル様」

「……ミモザ、落ち着いて。さぁ、深く息を吸って……、吐いて。うん、……私は大丈夫そうだ、君が二人分緊張してくれているからかな」

「……う、すみません」

今日の十時から、お義父様とお義母様との話し合いをすることになった。内容までは言わなかったけれど、改めて時間を取ってほしい、とお願いしたところ、何か察するものがあったのだろう。頷いてもらえた。

そして、今日の午前中は皆時間が作れるということで、あの調べものから十日経った今日、話し合いとなった。

お義父様とお義母様の待つサロンにノックをして入る。

「あぁ、二人とも。こちらに座りなさい」

「はい、お義父様」

パーシヴァル様も緊張しながら、ソファセットに並んで座った。

目の前には並んで座るお義父様とお義母様。使用人がお茶を目の前に用意して、予め決めていたのか部屋から出て行った。

これで完全に四人だけだ。

「それで、お話はなぁに？」

お義母様が微笑んで促す。私は心臓が口から飛び出そうなくらい、鼓動が煩く速くなっていたけれど、もう一度深呼吸して、それからパーシヴァル様の手を握った。

「……父上、母上。これから私が話すことは、これからの未来のための話です。過去を責めるものではないというのを、どうか最初にご理解ください」

私の手をそっと握り返したパーシヴァル様が、柔らかな声音と語調で二人に告げた。

前置きが意外だったのか、少し目を丸くしたお義父様とお義母様が顔を見合わせる。

「ええ、もちろんよ」

「そのつもりで聞こう」

同じだけ穏やかに頷いてくれたお二人に、私達二人が御礼をいう。

緊張に渇いた喉をお茶で潤してから、パーシヴァル様が話を切り出す。

「私は……既にご存じかと思いますが、ミモザとの子どもを生すことに躊躇があります」

「……理由は？」

お義父様がすっと目を細めてから低い声で尋ね、お義母様もその横で眉間に皺《しわ》を寄せる。責めているようでもあり、それを自制するような、そんな表情に見えた。

「……シャルティ家の伝統として、私は小さな頃肥っていました。自分はそこまで周囲の目や声を気にするタイプではない、と思っています。ですが、それでも……それでも、です。凄く、惨めで嫌な思いをしたのです」

苦しく絞り出すようなパーシヴァル様の告白に、お義父様とお義母様は別の表情を浮かべる。

そんなわけがない、というような信じられないような驚嘆の表情をするお義母様に対して、お義父様は苦虫を噛みつぶしたような顔をしていた。

なんとなく、お義父様にも身に覚えがあることなのではないか、と察するに余りある表情だ。

「パーシー……」

お義父様とお義母様が困惑した表情で顔を見合わせた。

「それを責めたいというわけではありません。ですが、……自分の子どもが同じような目にあうのかと思うと、怖くて……そうして育つ子どもの心を、どうやって守ってやればいいのか、私には分からない」

守る手立ては、私にも思いつかない。傷付いたら癒せばいいというものではない。

傷ができて癒えたとしても、その傷を負った時の痛みは避けようがない。傷を負うと分かっていて、その道を絶対に歩かせなければならない……そんな場面は、もしかしたらこの先に何度も訪れるのかもしれないけれど。

それでも、まだ今なら、多少でも避けられることがあるんじゃないかと期待してしまう。

「あの、パーシー……あなた、子どもの頃からそのことで何も言わなかったわよね？」

「えぇ、言いませんでした」

言わなかったことを責めているわけではなく、どこか気遣うような口調なので、パーシヴァル様はふっと息を吐くように笑うと、うんと頷く。

やっぱりシャルティ伯爵家の人たちはみんな優しいと思う。

「……まずは、どんな嫌なことがあったのか、教えてもらえる？」

慎重に、そっと過去に触れるようなお義母様の声音に、パーシヴァル様は困ったように笑った。

「えぇ。……まず、暴言の類をこっそりと囁かれるようになりました。デブ、豚、くさい、家畜……長いものは憶えてませんが、まぁこのような単語を含んだ罵りです」

お義父様もお義母様も息を呑んだ。顔が強張るのがはっきりと分かったけれど、何も言わない。

いいえ、言えないのかなと思う。

自分の子どもがそのように罵られて平気ではいられない人たちだ。

優しいとか以前に、自分の大事な人がそんな風に罵られていた、と知るのは、……とても悲しい。

私も、悲しかった。

「集まりではいつも背中から押され、どのくらい力を籠めれば転ぶのかと笑われ、仲間の輪には入れてもらえませんでしたが、話題の中心はいつも私でした。その中心にはなりたくありませんでしたが。……やめてほしい、と伝えたこともあります。何度も。しかし、頭から見下している集団の前では、そんなものは抵抗になりませんでした」

「……」

この辺はパーシヴァル様から聞きだしたお話として知っていたが、改めて聞いても、やりきれない。

毎日、何時間も辛い思いをすることだけが、傷を作ることではないだろう。どこかに出かけたら、そういう自分と近い歳の子どもたちに囲まれ、罵られ、いいように扱われ、反抗すれば集団がそれを押し殺す。

私ならば……そんな年齢でそんなことがあれば、とっくに自尊心なんて欠片《かけら》も残さず消えていたんじゃないかと。

貴族の子息や令嬢は大抵五歳ごろから子どもの集まりに参加する。

子どもだけの場には家の執事や侍女が大きな怪我がないように見張っているものだけれど、大半の子どもが笑っている上にパーシヴァル様は泣かなかったそうなので、異常事態とは思わなかったのだろう。ワガママな子どもも多いし、それが正されるのが教育の力のはずだけれど……その時期から見下していたパーシヴァル様相手に、その後ちゃんと尊重する心がもてるかは、疑わしい。

また、大抵見張りは開催する家に勤める人間が付く。そのため、見張っている人はいつも違う大人。しかし、社交の場はなるべく仲の良い人間同士で集められるため、集まる人間は似たり寄ったりの面子になる。

大人が気付くような場所ではなかった。大人は大人で社交に努めていて、大抵の子どもは親の前で悪辣ではないものだ。

パーシヴァル様も、お義母様にもお義父様にも言わなかった。自分が肥っている理由は知っていたし、それが自分の家の伝統なのなら、これも含めて受け入れなければと口をつぐんだ。

甘やかされて肥ったわけでもないけれど、確かにそれが自分のご両親が与えた体形だったのだから、傷付けたくなかったと言っていた。

でも、それはつまり、パーシヴァル様はずっと傷付いていたのだ。

自分が傷付いているから、そんな自分を愛してくれていると知っていたから、だからご両親が傷付くと思った。そして沈黙した、誤魔化した、それでいながら両親の背を見てまっすぐ育った。

大人になってから自分の手で評価を取り返してきた、どこまでも眩しい人。でも、排除される怖さを知っていて、私に手を差し伸べてくれた人。

今のパーシヴァル様を作った大事な過去であると同時に、こんな思いをさせたくない、と強く思う。

「その場に時折王太子殿下が交ざると最悪で、嫌がらせも暴言も過激になるし、とはいえ泣いてやりたくはなくて……頑張ってしまいましたからね。余計に過激になっていくばかりでした」

「……パーシヴァル」

お義父様は膝の上できつく拳を握っていて、絞り出すようにパーシヴァル様の名前を呼んだ。共感していたのだろう、その苦しそうな顔は、眉間にもっと皺が寄って、いっそ頼られなかったことを責めるような表情になっていた。

「お前は……どうして……」

何も言ってくれなかったのか、という声にならない声。

それでも、親を傷付けてでも自分の傷を知らせて欲しかった、という気持ちも、今なら分かる。私だってパーシヴァル様が私のことで黙って傷付いていたら、悲しい。ううん、お義父様やお義母様でもそう。

「……私は、父上と母上に愛されているのを知っている子どもでした。自分がそれを悲しむことが、我が家の伝統を守って私を肥らせた父上と母上を傷付けると思ったのです」

「そんなの、水臭いじゃない……」

消沈して視線を下げたお義母様も、悲しい声でそれを否定する。そんなお義母様の手を、お義父様がそっと握り込んだ。

このやりどころのない感情をどうしていいのか……きっとお義母様もお義父様も分からないのだろう。

全ては過去のこと。それでも、この過程を踏まずに、私達は未来に進んではいけない。

「父上、母上。私の過去はもういいのです。問題は、私がこれを、いずれ生まれてくる我が子に背負わせるのが怖いということ」

そう言われて、お義母様もお義父様もバッと顔を上げた。

穏やかに微笑むパーシヴァル様と視線が合う。

「……シャルティ家の伝統、そして、なぜ私があそこまで肥らされたのか、ちゃんと調べました」

「一緒に、将来の子どもについて、できることはないかと調べて……結局、自分たちだけで、大事なものを蔑ろにはできなくて」

シャルティ家の伝統は、体の弱い子どもを丈夫にするために始められた慣習。

栄養価のあるものを、いっぱいいっぱい食べさせたい。健康に育ってほしい。……少し行きすぎだったけれど、それは医師の監修のもとで行われて、健康も常に診られていた。

パーシヴァル様のお話では運動不足にもならなかったし、好きなものを好きなだけ食べていたわけでもないという。精神的にも堕落はあり得ないような状況だったと思う。

そうなった経緯も、始まりも、ちゃんと調べたうえで、それでも今が必要な話し合いだと思っているけれど……お義母様とお義父様の痛ましい顔を見ていると、心が折れそうになる。

「母上、私のことを産んでくださってありがとうございます。そして父上も、私を丈夫に育ててくださってありがとうございます」

パーシヴァル様の声と共に、頭を下げる。

義両親の間には、なかなか子ができなかった。お義母様はその原因が自分にあると随分気を揉んだそうだし、きっと生まれてからも気が気ではなかったのだろう。

やっと授かったパーシヴァル様はちょっとした虚弱体質で、熱を出したり吐き戻したりが絶えない赤ん坊だったと聞いている。

物心がつく頃には丈夫になっていたというけれど、その後もきっと愛情深く育ててこられたんだろうなと分かる。

ただ、親からの愛情や実際の健康状態、どんな気持ちだったか、どんな願いやノウハウがそこにあったかは関係がない。

同年代の子どもというのは、異質なものを排除しようとする。自分たちと違った体形が怖いのだ。パーシヴァル様の絵姿を見るに、表情が摑みにくいのもあっただろうし、ずっと「我慢しなければ」と思っていたのなら感情が表に出ないのも当然だ。

そして、自分が異質であると定められた子どもは、自分でも自分を責めてしまう。周りに言われた暴言を自分で否定しきれなくなって、自分すら敵にしてしまう。

パーシヴァル様がそうならなかったのは、この家が愛情に溢れていたからだ。自分はそんな風に虐げられる存在じゃないんだと、自信を持って育ったのは、たくさんの愛情と心配りがパーシヴァル様を包んでいたから。

だから、そんな愛情を与えてくれる家族がこれでいいとしてしまった自分の体形について、それが傷になる原因だと言えなかった。

「お願いします。体が弱いようならば、私達も医師と相談して健康に育てます。食事の内容、食材の伝手、体力を充実させるために管理しながら肥るまで食べさせながらの運動……全てが無用だったとは思いません、沢山の愛情と手間をかけてもらっていると、私はずっと感じていました。おかげで、好きな人の隣に立てる私であれます」

「……形も年齢も、経緯も違いますが、私もデビュタントの日に爪弾きにされました。家でも、ずっと追い詰められて、部屋の中に閉じこもっていました……。私は、シャルティ家に来てから、愛情でいっぱいにしてもらっています。おかげでもう怖かったり、自分なんか、と思ったりすることは……ないです。今と未来に目を向けて生きていく大事さも、今をいいものにする工夫も、いっぱい教わりました……それでも、自分の子どもに自分と同じ思いをさせたくはない、と思っています」

「伝統として、通過儀礼として、子どもに大量の食べ物を与えて健康を管理するのを、どうか私達の代で緩和して欲しい。自分の子どもの健康と同時に、どうか、子どもが社会を渡っていけるような強さを身につけさせたい。……肯定され、愛される自信を、私以上に」

「そこに、あえて傷付く過程を設けたくない、のです。……生意気かもしれません。お二人の、代々のシャルティ伯爵夫妻の想いの全てを、記録だけで分かっているとは思いません」

「お願いします、どうか見守っていただけないでしょうか」

私とパーシヴァル様は必死に、それでもなるべく感情的になりすぎないよう言葉を紡ぐ。深く頭を下げて、そのままじっと待った。

お義母様とお義父様には反対されるかもしれない怖さは確かにあるけれど、私とパーシヴァル様の子どもに分かっていて傷付くような未来を歩かせたくない。

「……頭をあげなさい」

お義父様の震える声に、私とパーシヴァル様がゆっくりと頭をあげる。

「ち、父上?!」

慌てたようなパーシヴァル様の声も当然だろう。お義父様がぼろぼろと涙をこぼしていて、びっくりして腰が浮いた。

お義母様が片手で私達を制して、お義父様の手にハンカチを握らせた。そこで自分が泣いていらっしゃることに初めて気付いたように目元を乱暴に拭う。

「……好きにして構わない。何かがあれば、私たちがフォローする」

「ええ、もちろんよ。……ちゃんとお話ししてくれて、ありがとう。パーシー、ミモザちゃん……気付かなくて……」

お義母様の目にみるみる涙が盛り上がって、微笑んだ顔の頬がひきつり、そのまま両手で顔を覆ってしまう。

ごめんね、という言葉は嗚咽《おえつ》に呑まれてしまった。

私もパーシヴァル様も無意識に立ち上がり、お義父様の傍らにパーシヴァル様が、お義母様の傍らに私が跪《ひざまず》いて手を握った。

「ありがとうございます、お義母様……ッ！」

「父上も、ありがとうございます」

いつの間にか私の頬もパーシヴァル様の頬も涙に濡れていて、いい大人が四人でしばらく泣いてしまう。

過去はどうしようもない。物事は、ある一面から見ればよかったことでも、別の一面から見れば悪いことだってある。

引きこもっていた私が刺繍に逃げたことは、家庭の面から見れば不健全で、違う面から見ればシャルティ家に嫁ぐきっかけにもなったし、今は国に依頼されて作品をと求められる側面もある。

辛かったけれど、続けてきてよかったと思ったのだ。確かにそこまで私が歩いてきた足跡が、今に繋がっている。

今日のこの話し合いも、今流している涙も、そしてパーシヴァル様が堪え、抱え、変化を前に決断したことも。

何かしらのデメリットが待っているかもしれない。それでも、しなくてよかったとは思わない。

私もパーシヴァル様も、そしてお義父様もお義母様も、これから出会うだろう私達の子どもという未来を、守って行こうと約束した。

「……私がお前たちの子どもだったら喜んだろうな。こんな両親のもとに生まれ、育ちたかったよ」

お義父様は最後にそんな風に言って笑った。

伝統をやめるのではなく、緩和させる。いい所を残し、弊害はなくしていく。

調べた結果、話し合おうとして決めた最良の落としどころに、お義父様もお義母様も頷いてくれた。

それが本当に嬉しくて、お二人が部屋を出た後、また私は泣いてしまう。

パーシヴァル様は、清々しい笑顔を浮かべていた。

◇◇◇

「ミモザちゃん……、ミモザちゃん……！」

翌朝……朝？　朝というにはまだ薄暗い早朝、私はなぜかお義母様に揺り起こされた。

背後にはルーシアを始めとして、侍女たちがびっしりと並んでいる。

「お、お義母様?!　何かあったのですか?!」

まだ眠たかった目にそこまでの光景を見て、私は寝ている間に何かあったのかと飛び起きた。淑女らしくない動きだが、誰かの病気や怪我とか、そんな悪い予感が頭を過《よぎ》る。

「何もないわよ、心配しないで。でも、時間もないから起きてもらってもいい？　体調は悪くない？」

「え……は、はい」

お義母様は出会った当初のような悪戯っぽい笑みを顔に浮かべてウインクしている。優しい声音に、緊張していた体から力が抜けた。

昨夜寝る前には泣きすぎの水分不足で頭が痛かったし目も腫れていて大変だったが、ゆっくりと水分をとったり目元を冷やしたりとケアをしてから眠ったため、今はすっきりしている。

気持ちの上でも、大事な節目を一つ越えられたので、久しぶりにゆっくり眠れた。

その途端のお義母様襲来に、深刻でなくとも何かしらの時間がないというのは本当のはずだと、姿勢を正す。

「……時間が、ないとは？」

「準備の時間よ」

精一杯真面目な顔で尋ねると、お義母様も同じだけ真面目な顔で頷いた。

「いい？　ミモザちゃん。あなたとパーシーが想い合っているのなんて、この屋敷の皆、分かっているのよ。ダダ漏れなの。相思相愛お熱いご夫婦でいいわね、なんて本心から他のご夫人に言われるのなんて、私だって初体験だわ」

「えっ？　あ、あの、はい……？」

嬉しそうにうっとりと目を瞑りながら、うちの息子夫婦の仲が良くて嬉しいわ、とお義母様は胸を張る。自慢に思ってくれているらしい。……嬉しいな。

「そんな二人が夜を共にできなかった原因は、昨日解決した……、そうよね？」

「は、はいっ！」

まだ薄暗い時間ということもあって、お義母様は声をひそめながら強く告げる、という芸当をやってのける。つられて私も小声でもしっかりとした返事が出た。

「つまり、決戦は今夜のはずなの！」

言われた内容にぼんっと音が出そうなほど一気に顔が熱くなったけれど、否定する材料が思いつかない。

たしかに、もう近々かもしれない、とか、そうなったら嬉しい、とは思った。思ってはいたけれど、まさか昨日の今日で……!?

「ミモザちゃん、温泉にも行ったし、ちゃんとスキンケアも髪も頑張っているけれど……このところ、エステは行ってなかったわね」

「そう、ですね」

何だかんだと理由をつけてエステからは足を遠ざけてしまっていた。

パーシヴァル様の問題が解決しなければそういうことにはならない、というのは意外と私のモチベーションを低下させていたのかもしれない。自分磨き、できる範囲ではやっていたけれど、エステに行くと半日は潰れてしまうのでやらない理由をつけていたのだと思う。

調べものがしたいとか、作品作りに集中したい、とか。

サボっていた、と言われたらそうだ。でも、お義母様はちゃんと通ってらしたのかと思うと、今度は恥ずかしさで顔が赤くなる。

お義母様はそんな私を見て、そっとベッドに腰掛けた。

私の頭を優しく撫でる。驚いてそっと俯いた顔をあげると、優しく微笑んだお義母様と目が合う。

「……ミモザちゃんは、私がなかなか妊娠できなかった理由を知っているのよね？」

「……はい」

お義母様は騎士の家系で、自身も剣をとって長らく体を酷使してきた。怪我も負ったし、婚姻や妊娠が遅かったのも原因だったらしい。

「エステはね、病院とは違うけれど、揉みほぐすことで血行をよくしたり、自分では手が届かない場所を解したりしてくれるの。綺麗になるためといえばそうだけれど、これも健康でいるためでもあるわ。健康って、すごく綺麗なのよ」

「はい」

穏やかで優しく諭される。お義母様が記録の通りだったのなら、エステもお化粧も美容室も、全部婚姻後にはじめたことだろう。

そこに、一般的な意味以上に、自分の理由をちゃんと考えて行っていらっしゃる。

「でもねぇ、やりたいことに没頭したいというのも分かるのよね。だから無理強いはしないわ、通えなくなって構わない。……だから、恥ずかしがらなくていいのよ」

「お義母様……」

時間って足りないわよね、とお茶目に告げたお義母様の手が、頭から肩へと移動して、ぐっと摑む。

「でもね！　今日はダメ、今日はエステにいきましょう！　ぴっかぴかに磨いて綺麗にするわよ！」

「は、はい！」

笑顔なのに怖いです、お義母様！　気迫が、気迫がすごい！

とんでもない圧を受けながら、私はまずは侍女たちにお風呂に入れられた。

お義母様はよろしくねと言って去っていったけれど、お風呂は普段の三倍程の時間がかかる。

熱めのお湯でしっかりと体を温め、香油のいい香りでリラックスしてきたところで洗髪を行う。

その後、髪の手入れとして蜂蜜を塗っては温タオルで包み、今度は流して香油を塗って温タオル。

最後にもう一度流してから別の香油を塗って梳られた。

その間に体の方も磨き上げられたし、温泉ですべすべになっていたはずの肌を痛くない程度にピーリングされた。

この家に初めて来た時以上の手入れの仕方に、少しずつ心臓がどきどきしてくる。

何の準備をしているのか知っているせいかもしれない。いえ、それを意識せずに過ごしてはいけないのだけれど、それでもやっぱり、考えていると鼓動が速くなる。

私なんか、とは思わないけれど。

お風呂でケアされた後は、楽な服装で軽食を摂った。

野菜たっぷりのスープにスクランブルエッグと彩りのいい野菜、柔らかなパン、焼いたソーセージ。デザートにはフルーツも出た。

普段がサラダとポタージュかコンソメスープ、卵かお肉はどちらかと、トーストしたパン、というのが朝の決まったメニューだ。

量は少しずつで朝食はあまり摂らないのだけれど、今日は朝から入浴を済ませたのでお腹が空いていてぺろりと食べてしまう。普段摂らないのは、日中にお茶をする時にお菓子もつまむから。今日は聞いただけでもそんな暇はなさそうなので、しっかり食べられるよう準備してくれたらしい。

毎朝の見送りはしていたのだけれど、今日は見送りは入浴でできなかった。パーシヴァル様も勤務が終われば夕方に戻ってくるので、それまでが勝負らしい。

朝食の後は白くてふんわりとした生地に、パステルカラーの刺繍が入った楽なドレスを着て、お義母様と街に出かけた。

「ミモザちゃん！　今日も忙しいわよ！」

お義母様はやる気いっぱいで、私はエステ以外の予定が分からず、混乱しながら馬車に乗りこむ。

成長を感じられないお任せコースだけれど、勢いのあるお義母様には未だについていくので精一杯だったりする。

まずはブティックと、いつもお世話になっている化粧品のお店に向かうらしい。買物で疲れた体をエステで癒すそうだけれど……疲れる程の買物って何だろう。

「ミモザちゃん、確かに我が家でも準備していたし、新婚旅行先にも準備はあったのだけれど、せっかくだからナイトドレスや下着も、それにあうお化粧品も、一緒に選びましょう」

「え、でも……」

衣類は全般揃えられていたし、まだ袖を通していないものはいっぱいある。ちなみに、とても綺麗だったり可愛らしかったりするナイトドレスも、それなりに準備されていた。

お化粧品、といっても寝る前にお化粧するのは初めてだが、薄化粧するための控えめなものはもう持っている。

これだけいっぱいあるのに……？　という気持ちでお義母様を見つめると、眉尻を下げてお義母様が微笑んだ。

「私ね、ミモザちゃんはたくさん待ってくれたと思っているの。結婚式のすぐあととか、怪我が治ってからとか、無理をすればタイミングはあったと思うけれど……でも、シャルティ家の問題が解決できなかったら、結局待たせていたと思うの」

待たされた、という感覚はなかったので、私はとんでもないと首を横に振った。

それでも、お義母様は穏やかに続ける。

「でも、焦《じ》れたわよね」

「そ、それは……」

「不安になったし、寂しい思いもさせた。それはパーシーがどうにかすることだけれどね。……でも、いよいよ何も心配なくなるのよね。……ミモザちゃん、迎えるための準備を自分でした方が、きっと今夜自信を持っていられるわ」

「自信……」

目を伏せたお義母様がゆっくりと頷いた。

「ええ。……寂しくて不安になるほど、もしくは、自分よりも他の何かの方が優先されるのか、みたいな気持ちとか……、理由が分かって、一緒に対処して、それでも一度抱いた気持ちは拭えないんじゃないかと思うのよ」

「……！」

スカートを強く握ってしまった。

胸の奥には小さな不信と不安が棲みついていて、前向きにいこうと思っても、笑顔でいても、パーシヴァル様と一緒にと頑張っても、ずっと燻《くすぶ》って小さく胸を焼いていた。

気付かないふりができていたのは、頭ではそんな不安を感じる必要はないとよく理解できていたから。

ふとした瞬間に、自分はそこまで魅力がない、とか、妻として求められていない、とか、……根拠もなく心に浮かんできてしまう。

理屈ではない。違うって分かっていても消えない不安は、思考でどうにかなるものじゃない。

誰かに弱音を吐きたかったわけでもないし、むしろ知られるのが恥ずかしいと思っていたけれど……。

「ありがとうございます、お義母様」

「ミモザちゃんはちゃんと想像したり考えたりできる人だから、余計なお世話かしらと思ったけれど……」

「いいえ。……嬉しいです。私、ちゃんと自分で準備してみます」

「ええ、お手伝いするわね！」

いつもの御者さんは少し遠回りしてくれたようで、ちょうどよくブティックへと到着した。

◇◇◇

結局、夕飯の席でもパーシヴァル様とは一緒にならなかった。

というのも、今日はパーシヴァル様が珍しく同僚に引っ張られて軽く呑んでくるという連絡があったのだ。お義母様はそれを受けて間の悪さに頭を抱えていたけれど、私は少しだけほっとしてしまった。

一生懸命準備をして、パーシヴァル様がそれで真っ直ぐ帰ってきて、あんまり焦ったようなやり取りは嫌でもある。必要だと思っているし、求めているけれど、それだけが夫婦生活ではないと思っているし、だからそこにがっつくのを恥ずかしいという気持ちは拭えない。

だからといって恥ずかしいとかで隠れたいわけでもなくて……今日のような挑む気持ちの時、顔を合わせた時に何を話していいのか分からないというのが素直な気持ちだ。

今朝しっかりと入浴でケアをしたので、湯浴みを済ませてから買ってきたナイトドレスに身を包む。

下着も新調した。薄水色の厚手の生地に、白いレースと刺繍の施された清楚で美しいデザイン。似合うかはよく分からなかったけれど、身に着けたら体にぴったりと沿って付け心地がいい。

薄絹の大きなフリルを重ねたミモレ丈のナイトドレスは、前をリボンで留めるようになっていて、柔らかく軽くこちらも着心地がいい。着心地もいいけれど、そろってこの二つを身に着けていると……自分でも、期待しているのだと自覚してしまう。

それだけでは布団に入らないと肌寒く感じるので、ひざ下まである長いガウンを羽織り、ベッドに腰掛けて待った。

（来るかしら……）

パーシヴァル様は私が入浴中に帰宅したらしい。お酒の肴でご飯も済ませているはずだし、三十分程待ってダメならベッドに入ろう。

期待がほとんどだけれど、いつもの胸の奥にある不安も少しだけある。やっぱり、魅力的じゃないのでは、とか。

いつでもよくなったから、もっと先延ばしになるのかな、とか。

「ミモザ……？」

「はい、パーシヴァル様」

ノックの音がして、戸惑いを含んだ呼びかけを聞いて、私はそっと立ち上がってドアを開けた。

ドアの前にいたパーシヴァル様の顔を見て、それまで胸の中にあったマイナスの感情が全部吹き飛ぶ。

パーシヴァル様の髪は僅かに濡れていた。香りも、お酒の匂いじゃなく石鹸の匂いがする。

私の体を辿るパーシヴァル様の視線を強く感じて、立っているのがやっとだ。

衝動を堪えるために歪んだ表情。でもそれを浮かべる顔は、耳も首も真っ赤に染まっている。

何よりも、普段は春の陽射しのように温かい眼差しは、そこになくて。

「……こちらへ」

パーシヴァル様の中の、普段理性を纏《まと》っている感情が、むき出しになって表れている。

そっと手を引いて部屋に引き入れ、自分で鍵をかけた。

全身が心臓になってしまったようだ。体が拍動に合わせて脈打ってしまっているのではないかと思う程、心臓の音が激しい。

すぐ後ろにパーシヴァル様がいるのが分かる。分かるからこそ、振り向かなければと思うのに、振り向けない。

指先一つ自分の自由にならない。なのに、背後の気配は強く感じる。

「ミモザ、もう無理だ」

逞しい腕の中に後ろから閉じ込められる。

薄絹しか纏っていないから、ほとんど自分の体を直に抱きしめられているような感覚。

力強いのに優しくて痛くはないけど逃げ出せない。背中に厚い胸板があたり、扉との間に閉じ込められた。

「……わた、私も」

無理だと思う。もう一時だって、本当は、我慢も何もできなかった。

パーシヴァル様の濡れた金髪が私の頬を撫で、肩に程よい重みが掛かる。

なんとかそちらに顔を向けると、溶かされそうな熱をはらんだ視線とかちあった。

鼻先にそっと唇を寄せる。視線を絡めたまま、今度はパーシヴァル様から唇同士を重ねられた。

薄い皮一枚に覆われた唇はどちらも熱くて、喉の奥から詰まったような声が出る。背中を皮膚の下から撫でられるような得も言われぬ喜びに、感情と熱が昂《たかぶ》って涙が浮いてしまった。

「パーシヴァル様、……わたし」

「待って、ミモザ……私に言わせて欲しい」

優しいけれど、今この時のパーシヴァル様の声は、それだけじゃない。

耳に心地よく響く低い声。熱を孕《はら》んだ掠れたそれが、自分の体の中に沁み込んでいく。

「君が欲しい。……どうして手に入れずにいられたのか、分からない。ミモザ、愛しているよ」

「はい、……私は、パーシヴァル様のものです」

大きな手が頬を包み、私はパーシヴァル様の首に両腕を回した。

唇が降ってくるのと、反対の手が私の腰を抱くのは同時で、そのままベッドまで唇で熱を溶かしながらほとんど抱えられて移動した。

背中が柔らかな布団に沈む。無機物のひんやりとした感触に体が一瞬びっくりして跳ねてしまったけれど、そんなのはすぐに気にならなくなる。

一瞬だけ天蓋を見上げた視界は、すぐにパーシヴァル様でいっぱいになった。

さっきよりももっと強い熱。陽射しなんて生易しいものじゃない、青い瞳の中に揺らめく炎。

どろりとした質感で、見られるだけで溶けてしまいそう。

そんな彼の瞳に映った私も、同じような熱を孕んだ表情をしていた。

「すまない、今こそ優しくすべきだろうに、私はそれを保証できない」

私なんて覆ってしまえる大きな体に覆い被さられて、額や頬や唇を溶かすような口付けが降ってきて、熱に掠れた低い声が耳から入って体の自由を奪っていく。

なのに、全然怖くはない。はやく溶かしてほしい、と思う。

「パーシヴァル様、大丈夫です……、はやく溶けてしまいましょう」

自分の口からそんな言葉が出てくるなんて想像もしていなかった。

思考は先に溶けていって、そこからは考える隙はなくて。

ただ一緒に溶け合うこととその喜びだけが、心に満ちた。

◇◇◇

厚いカーテンの隙間から、床に僅かに光が落ちている。

普段姿勢よく仰向けで眠っているので、起きた時にその光景が目に入ることなんてない。

普段と違う姿勢でぐっすりと眠ってしまったらしい。投げ出した自分の腕が何も纏っていないのを見て、ようやく自分がなぜ横向きで眠っているのかを思い出した。

自分の腰に後ろから腕を回し、背中から肩に顔を寄せて、パーシヴァル様が寝息を立てている。

身じろぎしたら起こしてしまうだろうか。でも、喉が渇いた。

すっかり朝の陽射しのようだから、起こしてもいいだろう。ただ、眠るのは遅かった気がするし、もう少し寝かせた方がいいのかどうかは判断に迷う。

「ミモザ、おはよう」

「おはようございます、パーシヴァル様」

迷っている間に起きたパーシヴァル様に挨拶を返して、自分の声にビックリした。

掠れてざらざらして、ちゃんと喋れているのか自信がなくなる声になっている。というか、声が出しにくい。

それだけじゃない。起き抜けで気付かなかったけれど、だんだん腰やら背中やらがズキズキと痛くなってきた。全身にその疼痛が広がるのは呆気なくて、我慢できない程ではない痛みに顔を歪める。本で読んだように、愛する人と結ばれた翌日、優雅な目覚めとはいかないようだ。

「すまない、無理をさせた」

させてしまっただろうか、という疑問じゃなく、させた、という断言なのは、うん、私にも覚えがあるので否定できない。

でも謝ってもらう必要はないのだ。嬉しかったし、……今も嬉しい。

そっと腕の中で姿勢をかえて振り返り、向き合うようにして裸のパーシヴァル様に抱き着いた。

今は肌の匂いも一緒になってしまった気がする。思い出すと火照る頬を、その胸板に押し付けて顔を隠す。

「……ミモザ?」

「はい」

「あんまり可愛いことをしないで。試されている気がする」

頭頂に唇をくっつけたまま、パーシヴァル様がそんなことをいう。可愛いことをしている自覚はないけれど、今はあんまり顔を見せたくない。

「……でも、だって、今の私酷い顔をしてる気が……」

寝化粧なんてきっととっくに涙と汗に溶けただろう。

すっぴんを恥ずかしいと思う気持ちも、シャルティ家に来た当初はともかく、今は持っている。ましてや、声がこの有様なのだ。顔なんてもっと酷いに違いない。

「顔が見たい、ミモザ。見せて？」

「……ずるい。その言い方は、ずるいです」

甘えるように囁かれては、顔をあげるしかない。昨夜も散々甘えたように強請《ねだ》られては全面的に受け入れてしまった。おかげで今、声は掠れているし全身は痛い。けれど、抗えるわけもない。

不意に顔を持ち上げて視線があったパーシヴァル様は、優しくて穏やかな視線を向けている。でもその瞳の奥に、今までとは違う光があるように見えた。

「ミモザはどんな時も綺麗だよ」

「……はい」

今までだって自分に向けられてきた好意。だけど、なんだかそのタガが外れてしまったように思う。

大きな手が私の髪を後ろに撫でつけ、顔にかかった髪を丁寧に耳にかけ、額や鼻先に唇が落とされる。

「ん……」

目を閉じてそれを受け入れると、今度は頬が包まれて柔らかく唇が合わさった。

お互いの境界が酷く曖昧になったような感覚に酔いながら夢中になって唇を合わせ、悪戯するように時折吸い付いたり舐《ねぶ》ったりをくり返す。窓の外、背中の方に感じる朝の陽射しが強くなっていくのも、そこに鳥の囀《さえず》りが交ざるのも認識しながら、夢中になってパーシヴァル様とのふれあいに興じる。

「は、ぁ……パーシヴァル、様」

「……なるほど、新婚旅行とは、大事なものだね」

「……?」

唇が離れた隙に名前を呼ぶと、パーシヴァル様が怖いくらいの真顔でそう言った。

理由が分からずに首を傾げる。一体なぜ、ここで新婚旅行なのだろう、と思う。

「朝も夜も関係なく、ミモザのことが欲しくてたまらない」

「……!?」

よほど私が不思議そうな顔をしていたのだろう。理由を教えてくれたけれど、意味が頭に浸透した時には、私は顔が熱くてたまらなくなった。

つまりは、昨夜だけではたりなくて、今も、という意味なのだろう。

新婚旅行ならば二人きりで何日も休んでいられる。たしかに、そう思えば大事なものだと思う。親睦を深める……いや、意味としてはあっているけれど、もっとこう、違う意味があるのかと思っていた。

でも違う、たぶん明確な理由としては、パーシヴァル様が言ったことが理由なのだろう。

だって、私もそう思ったから。

「さすがに今日は非番にしてもらったのだけれど、……うん、不健全だよね……」

そんなに残念そうに言わないで欲しい。私だって残念だと思っているのに。

起き上がったパーシヴァル様は下着とズボンは身に着けていて、ちょっとホッとした。布の感触はしていたからそうだろうとは思っていたけれど、二人そろって全裸だったら、この雰囲気だとまずかったような気もするし。

「はい、お水。起き上がれる？　体は辛くない？」

立ち上がったパーシヴァル様がベッドサイドの水差しからコップに水を入れて差し出してくれる。

しかし、私は起き上がれる気がしなかった。痛みもそうだけれど、全身に虚脱感というか、体が重くて起き上がるのが辛いという感覚がある。起き上がれなくはないけれど、できるならば今日は寝ていたい。

「……ちょっと、辛いです」

「そうか……」

一度コップを置いたパーシヴァル様はベッドにもう一度上がる。大きなベッドなので、パーシヴァル様が座っても私は寝ているところから動く必要はない。

パーシヴァル様がそっと私の体を抱き起こして、掛け布に包んで自分の脚の間に座らせた。手を伸ばしてコップを目の前に差し出してくれる。

至れり尽くせりだなぁ、と思ってコップを受け取り、噎《む》せないように少しずつ飲んだ。今の喉は、いっきに水を飲んだら絶対に咽せる。

「ミモザ、可愛い」

昨夜の熱がこもったような声ではなくて、なんだか普段通りの声で可愛いと言われても、たぶん今はそんなにかわいくない気がする。

ただ、お互いの境界を曖昧にするような夜を越えたせいか、その言葉に嘘がないのを前よりももっと強く感じた。

「パーシヴァル様に可愛く見えるなら、それでいいです」

声はやっぱり掠れたままだったけれど、嬉しくてしかたなくて、そういう笑みが浮かんだと思う。もう何も間にはないのだ、という気がする。甘えてしまっているし、甘えられている気もする。心地よい空気に、背中に体を預けた。

すかさず抱きしめられて、私はゆっくりと水を飲みながら、久しぶりに思考停止しているパーシヴァル様の復活を待つ。

今だから分かるのだけれど、パーシヴァル様って理性のタガが外れそうな時に固まってしまうんだろうな。

だからこれは、邪魔してはいけない。

さすがに新婚とはいえ、もう結婚してしばらく経つのに、朝から欲望に任せて二人の世界に興じるのは自分でもどうかと思うし。

「パーシヴァル様って、可愛いですね」

愛しい、という意味だったが、固まっているはずのパーシヴァル様が私に回した腕が、少しだけぎゅっと力強くなったのを感じて、甘えて彼に頭を摺り寄せた。

そのせいで思考停止の時間が伸びたのは間違いなかった。

◇◇◇

私が昨夜失くしたナイトドレスとカーディガンをなんとか身に着けた頃(捜すのはパーシヴァル様がやってくれた)、ルーシアが控えめに部屋にやってきた。パーシヴァル様はちゃんとシャツも身に着けている。

パーシヴァル様に支えられてベッドに座っていたけれど、一人だと歩くのも心もとない。長い時間座っているのも大変かもしれない。

目隠しのレースのカーテンだけを残して分厚いカーテンを開き、光を取り入れた中で朝が始まる。

パーシヴァル様が私のこめかみや頬に口付けてベッドから出る。

「じゃあミモザ、一度戻るよ。後で、一緒に朝食を摂ろう」

「はい、また後で。パーシヴァル様」

ベッドの上から見送ると、ルーシアが近付いてきた。

「……ミモザ様」

「ルーシア……」

静かに声をかけられて、私もそちらを向く。

「きゃ――っ！」

「よかった、よかったですね、ミモザ様！」

まだ朝なので声は控えめだけれど、両手を合わせてはしゃぎあった。

ずっと彼女は心配してくれていた。付き添ってくれていたし、新婚旅行先では私が思い詰めるのも見ていた。色々と察して、知ってくれていた。

パーシヴァル様との間にあるのとは違う、また別の、ある種の壁のなさが彼女との関係にもある。

「どうでしたか？　ナイトドレスや下着もご自分でお選びになられましたよね」

「ほ、褒めてくれたわ……」

誰かに聞いてもらいたいくらい、今の私は浮かれているのだ。普段ならはしたない話題であっても、今はとにかく聞いて欲しくて、ルーシアの質問がその気持ちにぴったり合っていて、照れながら答える。

「可愛い、似合ってる、綺麗、……他にも、色々」

「良かったですねぇ！」

「うん、嬉しい……、あぁ、私こんなにはしゃいだこと今まであったかしら」

そして、はしゃいだとしても、それを素直に出したことがあっただろうか、と思う。一瞬だけその疑問が浮かんで、またすぐにはしゃいだ気持ちでいっぱいになった。

「さぁさ、ミモザ様。残りは湯浴みしながらお話しくださいませ。お風呂までいきましょう」

「えぇ、お願い」

ルーシアがしっかりと支えてくれて、いつの間にかお湯を支度してあるお風呂場に行く。パーシヴァル様が出た時に、何人か使用人が入ってきていたので、話している間に準備してくれたのだろう。

カモミールの香油と花びらを浮かべたお風呂で体を解しながら、ルーシアがあまり節度のなさ過ぎることまで言わないように誘導してくれる質問に答えて過ごす。

お風呂上がりに冷やした果実水を飲みながら、髪を整えるルーシアが告げた。

「……ミモザ様、本当にお綺麗になられましたね」

あまりにしみじみとした呟きに、思わず鏡の中の自分をまじまじと見る。

……今日は仕方がないとはいえ、疲れた顔をしているし、少しばかりクマも浮いているし、体が痛いせいで姿勢も崩れている。

そうだろうか、と思って鏡の中のルーシアに目を向けると、嬉しそうに微笑んでいた。

「内側から弾けるような自信が溢れています。愛されている自信がある、そして、愛されるために日々重ねてきたものがある。それがはっきりと現れていますよ」

「ルーシア……ええ、ありがとう」

思わず笑みが浮かんだ。

思えば、シャルティ家に来て実家のことを知った時、ふさぎ込んでしまった時に、私に笑顔を教えてくれたのはルーシアだった。

「あなたが、笑っていれば気持ちが追い付く、と教えてくれたのよ。ありがとう、ルーシア」

「よかったです」

長いミルクティー色の髪に、青いリボンを編みこんで三つ編みにしたルーシアは、さて次はお化粧ですね、と笑って目の下のクマに取り掛かった。

綺麗に自然に見える化粧をしてもらい、そのまま寝られるようなゆったりとした若葉色のワンピースを身に着けたところで、部屋のドアがノックされる。

開けてもらうと、ワゴンを押したパーシヴァル様が入ってきた。

「朝ご飯を持ってきたよ。食べられそう？」

「はい、あの……おなかが空きました」

「よかった」

先程体が痛いと言ったからだろうか。パーシヴァル様がほっとして、ソファセットのテーブルに柔らかいパンケーキとソーセージののったお皿や、ポタージュ、カットフルーツののったお皿を並べていく。

ルーシアに支えてもらって移動すると、パーシヴァル様が隣に座った。すかさず、私の膝の上にクッションをのせられて、落とさないようにそれを抱きしめる。

これでは食べられない、と不思議に思ってパーシヴァル様を見ると、微笑んで一口大に切ったパンケーキを差し出された。

「はい、ミモザ。あーん」

「えっ?! あ、あーん……?」

ビックリしてしまって言われるままに口を開く。そこまで運んでもらったら、もうあとは食べるしかない。

咀嚼している間もまだビックリが続いていてうまく頭が回らないが、パーシヴァル様の笑顔が一層輝いているように見えたので、口は挟まないでおこう。

「スープも飲むかい？」

「は、はい」

スープマグを手に持って、スプーンで掬って口元に差し出してくれる。

クッションを抱いているせいでソファに軽く寄りかかるようになっているが、こうしてくれれば溢《こぼ》す心配もなさそうだ。

私が一口食べるたびに、パーシヴァル様の笑顔が輝くので、当たり前にそれを受け入れて朝食を済ませてしまった。

パーシヴァル様は私が食べ終わってから自分の分を、綺麗に手早く食べた。

「じゃあ、ゆっくり休んで」

「はい」

微笑んで頷き返す。パーシヴァル様は立ち上がってから、やっぱり私の顔にキスをいくつか落として、はにかみながら部屋を出た。

「……なんだか、パワーアップしていますね」

「え？」

ベッドに向かうので、ルーシアが手伝うため傍にくると、ぼそりと呟いた。

「いえ、その……これが新婚夫婦なのですね」

先程の一緒にはしゃいでくれていた様子とは違い、しみじみとその言葉を噛みしめたルーシアに手を貸してもらって、ベッドに移動した。

正直、体が痛くてカトラリーをちゃんと持てたかは自信がない。食べさせてくれてよかったと思う。

うつ伏せに布団に寝そべると、腰が伸びて余計に痛みがひどくなった。

「湿布を貼りましょう」

「……お願いするわ」

ベッドはいつの間にか綺麗に整えられていて、清潔なリネンに顔を埋めながら、情けない格好で腰に湿布を貼って貰った。

ひんやりとした薬草を潰したものに布をあてて、その上からさらに布を被せられる。

少しだけ痛みが和らいで、私はいつの間にか眠ってしまっていた。

6 私の中の物語

「ミモザ様、進捗はいかがでしょうか?」

「メディア様……、その、はい、少し分かってきた気がします」

今日はシャルティ家にメディア様を招いて二人でお茶会となった。進捗とは、美術館に収める作品の話だ。

一人では行き詰まりそう、とメディア様から打診があったので、今日は二人で作品について話をしようとお茶会になった。

シャルティ家のサロンの中で、二人で顔を突き合わせ、メディア様は図鑑を、私はこれまでに刺繍した物の中で物語になぞらえたものを持ちよって見ていた。

「私は、人物画はやはりまだ怖いのですが……でも、最近とても描いてみたい人たちがいらっしゃって」

「まぁ、それはぜひ完成したら見せてくださいませ！」

「ありがとうございます、ミモザ様」

ほっとしたように、嬉しそうに笑うメディア様に、私も嬉しくなって笑いかけた。

絵とは空間を飾るものであって、絵が空間を圧倒するものではない。しかし、メディア様の描く絵には、それ一枚で空間を支配してしまうような強い力がある。

それは個人的に友人や知人、家族に見せていたようで、中には圧倒されるあまりに体調を崩して去っていった人もいるらしい。本当に、賛否両論なのだろう。

私はメディア様の絵がとても好きだ。文字はないのに、その絵の世界に引き込まれる感覚が物語に似ている。

いつかアレックス・シェリルの本に挿絵を付けたい、というメディア様の夢を、私も応援している。

きっと今回の美術館は、その一歩になるだろう。

ただ、そんな力のある絵だからこそ、実在の人物を描くことが失礼にあたるのかもしれない、とメディア様は悩んでいた。

肖像画を描く画家はありのままに写し取る（ただし、注文は受け付けて適宜改ざんはするけれど）絵を描くし、それはそれで必要だが、メディア様が描いた場合は絵に力があるために描かれた人を見て具合を悪くした、という誤解を……すごく遠回りだけれど、与えかねない。

なので、人物画はこれまで封印してきたようだった。それだけに、描いてみたい人がいる、というのを聞いて、私はこっそりとでも見てもらえないかと思ったのだ。

「ミモザ様は、やはり物語の刺繍ですの？」

「ええ、でも物語と言っても……うまく言えないのですが、自分のこれまでを刺繍にしてみようかと思いまして」

「まぁ……！」

私のハンカチを広げて眺めながらのメディア様の言葉に構想を口にする。

何のテーマがいいかをずっと考えていたが、シャルティ家に来てから確信したのだ。

いいことも、わるいことも、今に繋がってそこにあると。

その結果、私は今幸せで、充実している。悪いことがなかった方がいいとは思わないし、かといって、不幸になりたいわけでもない。

一生懸命に生きていこうという気持ちで毎日を過ごしている。

「私、メディア様との出会いはお互いにとげとげしかったでしょう？」

「……そうですね。今思うと、恥ずかしいのですけど」

メディア様が首を横に振って、頬に手を添える。

「でも、今は結局、一番のお友達だと私は思っているんです」

「それは、ミモザ様、私もよ」

夜会で庇ってくれたメディア様の姿が、今も鮮明に蘇《よみがえ》る。

凜として美しい人なのだ。同じくアレックス・シェリルのファンでもあり、絵画に打ち込む姿勢は誠実でまっすぐ。

メディア様と話すと、楽しくてうきうきする。別に意見が合わなくてもそれでいいと思っているし、メディア様もその姿勢でいてくれるし、とにかく気を遣ったりしなくていいのが嬉しい。

しょっぱなが喧嘩腰だったので、お互いに遠慮が少ないのかもしれない。無関心でもないので、心地よい関係が出来上がっていると言える。

「メディア様とここまで仲良くなれたのだから、最初があれでよかったのかもしれない、と思ってますの」

「そうね……初対面でミモザ様に怒られなければ、私も夜会であなたを庇おうとは思わなかったでしょうし」

「そして今はこうして二人でお茶をして、趣味について語り合えるのだもの」

そっと掌を合わせて笑い合った。

私達二人の関係も、いいことばかりだったわけではないのだと実感できて、ますます刺繍の構想をこれにしてよかったと思う。

「あら、でもそうなると、とても大きい作品になるのではありませんこと？」

「ええ。メディア様が描かれていた、あのお花が沢山描かれていた……」

「『いつか花咲く蕾《つぼみ》たち』ですわね。あぁ、なるほど……あの大きさとなると、ベッドカバーやタペストリーのような布地になるのかしら」

「刺繍とはいえ何度も針を通すので、目的としてはそれに耐えうる生地が必要ですからね」

「そうなると、カーテン生地も丈夫ですわね」

「でも、カーテンは重たいので、長時間複雑な刺繍を刺して、広げて、というのには少し向かなさそうで」

カーテンの生地は光を通さない目的もあって、丈夫だ。細かな刺繍にも耐えられるが、いかんせん重たい。

ほぼ全面に針を通すことを考えれば、ベッドカバーあたりが適任なような気がする。

「メディア様は、図鑑をもっていらっしゃいましたけど、どんな絵になさいますの？」

テーブルの上に広げられた図鑑は植物図鑑だ。実際には見たことがない花がフルカラーで描かれている。

絵の入った本は高いので、図鑑というのは高価な本の中でもさらに高価だ。ほとんどのページに絵が入っているし、色までついている。

「まだ決めかねてぱらぱらと見ているのですが、やはり植物を描くのは楽しいですね。変化がないように見えても、種から芽吹き、枝葉を伸ばして花を咲かせて実を付けて、枯れたらまた種を残す。そう考えると、図鑑の植物がどのような変化をするのか想像するのも楽しくて」

「素敵な考えだわ……」

庭を見ているだけでは、整えられて季節ごとに花を咲かせているのを綺麗だと見るばかりだと思う。

しかし、メディア様は花が咲く前のことも、咲いた後のことも描きたいと思っているようだ。

私はメディア様の考えの幅広さ、想像力にほうと嘆息する。

「お互い、どんな作品になるのか楽しみですわね」

「ええ、お話ししてみて、だいぶ具体的に想像も固まってきました」

「また時間を見つけて話しましょうよ」

メディア様は静かに頷き、図鑑の絵に指を這わせた。

私もそうだが、もう今すぐ作品に向き合いたい気持ちになっているのかもしれない。

二時間ほどお茶もしたし、解散にしようかという流れになって、メディア様をエントランスまで案内し見送る。

車止めに馬車がくる間のお喋りで、ふと、メディア様がじっと私を見た。

「？　どうかされました？」

「ええ、……ミモザ様、本当にお綺麗になられましたね」

そんなにしみじみと言われたのが、なんだか恥ずかしくて顔が熱くなる。

「なんというか……今日、出会った時のお話もしたでしょう？」

「ええ」

「今のあなたはすごく堂々となさっているし、姿勢も、立ち居振る舞いも、それから髪や衣類も、全部がより素敵になられましたけど……」

そう言いながらじっくりと私を見るメディア様の目は真剣で、私は黙って言葉の続きを待った。

ぱっとメディア様が、花が咲いたように笑う。

「自信に溢れているのだわ。雰囲気は優し気なままですけど、頼りなさというものは感じません」

「あ、ありがとうございます……」

いよいよ照れて頬を冷やすように両手で顔に触れる。

そんな私の様子が以前の私と重なったのか、もう、と言いながら彼女は楽しげに笑った。

馬車に乗り込み、また手紙を書きます、と言って去って行く。

「……自信。そうね、自信がついたのだわ……」

そんなことはない、なんて思わなくなった。思って口に出さないのではなく、思わない。

それが嬉しくて、私は自分の作業をするべくアトリエに向かった。

◇◇◇

作品の大きさは決めていて、予め生地も準備してあった。

それに枠をかけて、棚から糸を選び手元に置く。

植物を刺そうと思っていたが、図鑑を見て刺すような、珍しいものじゃなくていい。

自分がその人だと思うような象徴を花になぞらえて、この大きな生地に庭園を描こうと思う。

しばし目を閉じてイメージする。始まりは、やっぱり実家からだろうか。

「カサブランカと、お母様のローズ、それに、お父様……」

実の家族のことを頭に思い浮かべる。

姉のカサブランカは私にずっと高圧的だった。暴言や嫌み、見下す態度にすごく傷付いたし、それはカサブランカが自分で言っていたように、とても美人だったのもある。

私を部屋の中に排除することに成功してしまった美人の姉。

性格はちょっとどうかと思うのは今だって変わらないが、カサブランカは美人で間違いなかったし、それは、自分を美しいと信じている自信からもきていただろう。

自分に自信がないから他人を見下して自分の位置を確認する、なんて話も聞くけれど、カサブランカの場合はただ見下して自分が優位に立っているという事実の確認と、私がどんどん背中を丸めるのが面白かったんだろうと思う。救いようがないけれど。

優位というのは、命令したら聞く、という立場の問題だ。カサブランカが美人で、私が当時美人だったかといえば……何も着飾る努力をしていないのだから、美人であろうはずもない。今なら、うん、種類が違う、と言えたかもしれない。造形の美しさ、という意味では敵わないと認めるところだが、それを理由に見下される理由はないので、ちょっと頑張ろうと思う。

むかむかしてきた。でも、あの頃の私は怒っても悲しくても、傷付いても表に出せなかったのだ。

私の手は外向きに拡散する四つの植物を縫い取っていた。

大輪の花を付けたカサブランカ、母の名前でもある黒に近い濃い赤のローズ、お父様のイメージはなんとなくスギナだったし、私はそのままオジギソウだ。

お母様は私に冷たく、カサブランカに優しかった。心は望んでいなかった政略結婚で、お父様との子どもの私が嫌だったのだろう。

私もうじうじしていたし、容姿も性格も自分に近いカサブランカの方が可愛かったのだとは思う。ただ、お母様のことはカサブランカよりも理解できない。どうしても印象は怖い人というものになってしまうし、いつか会話したとしても、分かり合えるか自信がない。だって、何を考えているのか、ずっと一緒に暮らしてきたけど今思い返しても分からないのだもの。

「どう歩み寄っていいのか、そもそも歩み寄ることを望まれていたのかも、分からない……」

そして、私自身お母様に歩み寄りたいかと言われると、そんなことはない。

お母様に固執する理由もない。今、この先どうやって生きていくのか、という方に目を向けたいと思う。

だって、私はもう引きこもっていないのだ。自分の殻の中で、あぁでもないこうでもないと、過去を悔いているのは、沈み込みすぎるので向いていないのだと思う。

お義母様が言っていた。どうにかしよう。解決はしないけれど、問題に折り合いがついた時点でもうそれでいいのだと。

「……そして、パーシヴァル様に出会って、お父様ともちゃんと話し合えた」

四つの植物が円を描きながら別の方向へ向かう意匠の周りに、日の光を表すように円形に模様を入れていく。

幾何学的な線を使った光の表現は、植物と組み合わさると明るい印象をもたらした。

「お父様は、なんだかずっと傍にいたのに、無口で、でも私のことがきらいじゃない人……いなければ、私は家にいられなかったかもしれない」

家族が集まると、全然発言力がなかったけれど、と思って小さく笑った。

そんなお父様が奮起してくれたおかげで、私は今、幸せな結婚ができたのだ。

無口で、気弱だけど真面目で、神経質で……私と見た目がそっくり。でも、お父様はお金を貯めてくれたし、苦労しないで済むように頑張ってくれていた。本当に、忙しなく働き続けてくれた。発言力はなくても、一緒になって私をいじめたりはしなかった。

スギナは強い植物だ。春になると出てくるツクシもそうだけれど、踏まれても折れても真っ直ぐ長く葉を伸ばす。

私もオジギソウに自分をなぞらえているけれど、このへこたれなさは、お父様譲りだろうと思う。

……お父様にとっては、お母様は妻に迎えた相手で、カサブランカも私も自分の娘であることには変わりなかったんだろう。猜疑心はあっても、カサブランカを娘と思って育てた期間は短くないのだ。

きっと口にしないだけで、情はあると思う。口にしてしまうと、私が気にするということも……たぶん、分かっている。

カサブランカはお母様のゆきずりの相手との娘だ。お父様の娘ではなかった。

お父様はカサブランカと血の繋がりはなくとも、私とカサブランカは血のつながりがあるのだ。

なのに、私はカサブランカのことも、お母様のことも、もう振り返らないと決めてしまった。そして、ノートン子爵家は実質お父様と、私がいるだけ。

関係を清算したお父様がいつまでもお母様やカサブランカに未練があったら。過ぎ去った日を惜しんでいたら。

私が心の中で関係を絶ったことに自分で薄情だったかと悩むと思われていそう。いえ、実際そういう風に考えたりはすると思う。

「……私はちゃんと、自分で乗り越えて行けるよ」

カサブランカの周りから始めて、ぐるっと回ってオジギソウの周りも、春の陽光を模した模様で覆う。

パーシヴァル様が、そしてお義母様が、お義父様が、ルーシアたちが、私を受け入れて、立ち上がる強さをくれた。

陽光は広がって、大きな樹木の枝葉がその周囲に輪を作る。

香の木と呼ばれる桂《かつら》の木は柔らかくかぐわしい香りがして、家具にしたり、庭木として植えたりと、よく見られる。

活用の幅が広くて、柔らかいところが、なんとなくお義母様に似ている。実をつけてそれが役に立つというよりも、お義母様自身が幅広くいろんな場所で活躍されているのもそうかもしれない。

途中から、うねりながら枝を伸ばす楠《くすのき》に切り替える。

大きく育つ楠はお義父様に似ている気がする。王宮の森っぽくなっている庭園にはあるのではないだろうか。それか、私が行ったことのない森には植わっているかもしれない。

物語の中にたまに出てくるけれど、実際には見たことがない。でも、大きくて、立派な木だというのは私でも知っている。

戦場にいる近衛騎士団長としてのお義父様の姿を私は本当には知らない。けれど、シャルティ家で私がのびのびと過ごせているのは、お義父様が泰然と、静かにそこにいてくださるおかげだ。

お義母様とお義父様のイメージで木の枝葉を刺繍し終えて、私は詰めていた息を吐いた。

「ふぅ――……」

そのまま、枠も針も置いてソファの背もたれに体を預ける。

長い時間集中していたらしく、喉が渇いていた。

少しずつ枠をずらして刺繍していたその布を眺め、小さく笑う。

布地の上を幻想の糸が走る。

初めだけ刺したその図案が、私の体よりも大きな布地の上にどんどんと広がっていくのが見える。

私の中にある、私の経験した、そして私が思っている物語が走りだしたのだ。

言葉で表現する必要はない。何か理由をつけることもない。

私がそう思った、こう感じた、というものを、どんどん刺繡していけばいい。

「……私の中の、物語」

私が描く、私の半生を、出会った人たちを、得た思い出を、感情を。

この布地の上に大事に刺していこう。

私の目には、しっかりと図案が見えていた。

◇◇◇

「ミモザ、無理はしていない？」

「パーシヴァル様。えぇ、大丈夫です。とても楽しいんです」

穏やかな暖炉の炎の前で、寝間着に身を包んで私は針を刺していた。

すっかり冬が到来しており、あまり雪の降らないこの国でも朝晩の冷え込みがきついのだ。

パーシヴァル様は私の手作業の邪魔をしないよう、テーブルの上にいつものカモミールティーのカップを置いた。彼の手の中にも同じものがあって、肩が触れ合う距離で寄り添っている。

初夏の頃には提出するものだが、美術館に収める作品はもう殆ど出来上がっていた。

今は全体を見て細かな修正や模様の繋ぎを入れている。

大きな布に、びっしりと糸を刺して、陰影まで入れたせいか、ずっしりと重たい。枠をハメた部分だけ持っていても重たく感じる。

パーシヴァル様はタガを外すのがうまくなったし、その分思考停止に陥りにくくもなった。

ちょっとしたことで止まってしまう、素敵な旦那様の可愛い部分。私はそこも好きだったけれど、停止しない分、私に大変甘く、過保護にもなっている。

今も私の手元を覗きながら、こんな夜遅くまで根を詰めて、と心配そうにしているのがちょっとだけおかしい。大事にされているのが、とっても嬉しいけれど。

私は今刺していた部分の糸の始末をつけて、枠をテーブルに置いた。

代わりに、持ってきてもらったカモミールティーのカップを両手で持つ。口に近づけると、優しくて甘い香りが鼻を擽った。

「……この作品を刺していると、色んなことを鮮明に思い出すんです」

「言っていたね。君の物語だと」

「パーシヴァル様が最初に出してくださったお茶も、カモミールティーでしたね」

「うん。すごく緊張していたからね、ミモザは」

はじめてパーシヴァル様と出会ったあの時、すごく素敵な人だと思った。それに対して、自分がすごく……みっともないと感じた。

どこかで思っていたのかもしれない。

私も『あの白豚の人だったら』釣り合うんじゃないか、なんて。

本当に失礼なことを考えていたのだと思う。

優しい人だったらいいな、と考えていた気がする。それは本当に、優しい人だったけれど。

残っていたカモミールティーをもう一口飲んで心を落ち着ける。優しい香りが鼻を抜けて、落ち着きを少し取り戻す。

「あの……パーシヴァル様、私、とても失礼なことをお話ししてもいいでしょうか」

「……うん」

真剣な表情をパーシヴァル様に向けたら、少しだけ瞠目して、それから穏やかに微笑んだ。

出会った時の彼に通じる表情だけれど、その顔に確かな信頼と落ち着きが見えて、私まで落ち着く。

「……まず、私はこの家に嫁いでくる時、自分を物凄く低く見積もっていたのです」

「そうだね、それも可愛かったけれど」

ゆったりとした口調で、さりげなくそんなことを言われて、思わず赤くなってしまった。

「パ、パーシヴァル様、揶揄《からか》わないでください」

「はは、ごめんごめん。それで？」

「はい……。低く見積もっていたので、お相手がどんな人かな、と想像することはあっても、実際はどんな人でもよかったのです」

そう、どんな人でもよかった。

どこかの貴族のご隠居でも、浮気性の人でも、すごくかっこいいパーシヴァル様でも、絵姿のまま大きくなったパーシヴァル様でも。

大事にされてもされなくても、ひどい目にあってもあわなくても。ううん、暴力は嫌だったかな、でも、それもどうでもいいから考えなかったのかもしれない。

そうだったら嫌だな、くらいは思ったと思う。でもそれは、どうしても嫌、ではなかった。

「自分のことがどうでもいいから、自分にも期待できない。そして、自分に期待できないから、相手にも期待できない」

パーシヴァル様は、黙って微笑んで聞いてくれている。時折小さく頷いて、じっと目を合わせて。

「私はもう、パーシヴァル様でなければ嫌です。……王太子殿下に側室と言われただけでも嫌でした。パーシヴァル様じゃなければ意味がないんです」

「うん、私も、ミモザを他の誰にも渡せない」

「パーシヴァル様、それでも最初、あなたに失礼なことを思って嫁いできて……ごめんなさい」

「いいんじゃないかな。……だって」

パーシヴァル様の大きな手が、私の頭をそっと抱き込む。

とくん、とくん、と穏やかな心音が耳に届いて、波立った心が落ち着いていく。

「君がめまぐるしく変化する様を、私はずっと近くで見ていられた」

「……あなたの手でも、私は変わりましたよ」

「そうだね、見ているだけじゃなかった」

喉を鳴らすように楽し気に笑う声。ずっと、これを近くで聞いていたいと思う。

胸元に寄せられた顔をそっと持ち上げると、こちらを見下ろす愛しい顔とかち合った。

「ミモザ、君は素晴らしい妻だよ。どんなに最初、私に失礼だったとしても、そこから変わったのは君だ」

「はい」

「それに、私は最初から、君がどうしようもなく愛しかったんだ」

こんな風に、という囁きが耳に届くのに遅れて、熱い掌が私の頬を包む。

降ってくる唇を目を伏せて受け止めた。

最初が何であっても、今がどうであるかが大事で。

自分を大事にすることは、相手を大事にすることで。

過去があるから、今があって。

全部同じことに繋がる気がする、と蕩けそうな頭の中でぼんやりと思う。

自分を、周囲の人を、今の環境を、大切な夫を、愛することに繋がっているんだろう。

「……パーシヴァル様、愛しています」

「ぐ……」

唇が離れた隙に熱がこもった声で囁くと、パーシヴァル様が呻いて動かなくなった。思考停止だ。

はっとして、テーブルに置いた刺繍と見比べる。

……たまには優しく遠慮なんかしないで、私の予定を狂わせてもいいんですよとお伝えしないといけない。

だって、あなたを待っている間、私は刺繍を刺していたのだから。

◇◇◇

その日は快晴で、新しい美術館の周りにある自然公園から、秋咲きの花の香りが暖かな風にのって中央通りまで届いていた。

東西南北に別れたこの王都の北寄りの中央に建造された美術館は、入り口が二十段ほどの階段をあがった場所にあり、そのエントランスはとても大きい。

装飾された太い柱が支える入り口は荘厳でもあるが、扉が道からは見えない造りで開放的でもある。

階段にもかかる大きな庇は途中にガラスが使われているようで、明るさもある。階段下の中央にある大きな石には『現代美術館』という名前が彫られており、青緑と金色、白で装飾された手すりを伝って階段を上りきると、まっすぐ向こうが見渡せる広々とした吹き抜けになっていた。

「すごい……建物の中に、噴水が……」

「開放感が段違いだね」

上がり切った場所からまっすぐ向こう側に、現代美術館に併設された自然公園が見える。そこに通じる、馬車が4台並んで通れそうな通路は全て吹き抜け。天井はガラス張りとモザイクタイルの美しい装飾が交互にあしらわれ、空と幾何学模様が混ざり合って幻想的だ。

通路中央の噴水は両手を広げた美しい女性の彫刻で、その彫刻のドレスがビスチェタイプであり、胸元を絢爛豪華な花が咲き誇って飾っているところから、水のドレスが足元に流れるようになっている。

その水は通路の細い溝を走って、いつの間にか隠れている側溝に流れていくようだ。

入り口だけで圧倒されるのに、左右にまだ広く空間がある。

「……いこうか？　手前から、順番に見ていこう」

「はい！」

パーシヴァル様と一緒に他の人の波に乗って進んでいく。

今日はライラックのデイドレスで、クリノリンでスカートを膨らませている。ただ、美術館を鑑賞するのが目的なので、ボンネットは身に着けていない。光沢のある金糸で裾から伸びるような植物柄を刺繍しており、締めるのに青いレースのリボンを使っている。その他は、作品にひっかけそうだったので、余計な装飾品は身に着けなかった。

パーシヴァル様は落ち着いた青のジャケットだけれど、小物や施されている刺繍が私のドレスと同じライラックで、服の縁取りは金糸だ。

夫婦で招かれた現代美術館のプレオープン。私の刺繍も、ここに収められている。

「すごく楽しみですね」

「この建物、巡回中に気になってはいたんだが、まだ建造中の時にしか通れなかったから……中もすごくて驚いたよ」

「実は、ここ、リフォームだそうなんです」

「……こんなに立派な建物、あっただろうか」

プレオープンと言っても招かれた人は多い。そして、皆同じことを考えるのか、同じ入り口に向かっていた。

広々としたエントランスの左右に、上ってきた階段側が入り口、公園側を出口としてさらに四つの出入り口が設置されている。最初は左手側の入り口に向かっていった。

なのでまだパーシヴァル様とお喋りをしながら、ゆっくりと進む列に並んでいる。

「この場所のお邸がいくつか空いていたそうなのです。それで、王太子殿下が間を縫うようにあったお邸の方と、この美術館について話し合い、何度もそれを重ねて別の新築のお邸へと移っていただけたようなんです」

「……無理矢理じゃなきゃいいんだけれど」

「それだと、たぶんこんなに人はいらっしゃらなかった気はしますよ」

王都中央街の北区は高級店や公爵、侯爵、辺境伯などの高位貴族が住まうような場所だ。王城もこちらにある。

ここは、さすがに高位貴族のお邸ではなく、高級店として使われていたお邸である。それでも、そうなってくると経営者は貴族か、貴族が後援についているものだ。

元々空いていたお邸に挟まれていたお店を望む場所へ移転し、建物の基礎や整った庭などをまとめて買い上げ、それを使ってこうして大きな美術館へと変貌させたという話だった。

作品が出来上がってからは、どのように飾りたいか、そしてどんな風に作品を見せたいのか、そういうことを総合責任者の方と話し合うことも多くなり、現代美術館全体についての話もよく聞けた。

パーシヴァル様もお城勤めだが、まるきり管轄が違うので、私が話すことを興味深そうに聞いてくれている。

入り口が近くなり、ドアマンに招待状を見せて、美術館の中へと進む。中は作品の日焼けを防ぐために陽の光は抑えられているが、常に明々と照明が灯っていて明るい。

パーシヴァル様と一つ一つの作品を見ながら、ゆっくりと先に進んだ。

◇◇◇

「これか……」

元が邸だった建物を改装してあるため、展示は広々とした一階を区切るように作られた大展示場と、二階にあがっていくつかの扉のない小部屋ごとの展示がなされていた。

たくさんの人が並んでいたが、館内のどこで足を止めるのかは人それぞれで、中に入ってしまえばそんなに人は多くない。まして、二階の小部屋はじっくりと作品を眺めるのにちょうどいい造りでもあった。

私の作品は二階の小部屋の一つにあり、左右に額装された刺繍入りハンカチと、入って目の前のガラスケースの中に大きな一枚の作品が飾られている。

パーシヴァル様は最初に一言放っただけで、じっと私が刺した刺繍を眺めていた。

中心に、春の光を囲んだ百合、薔薇、緑の細い葉、オジギソウを刺繍している。そこから、円や放射状に様々な花や植物が広がっていき、所々に光や水、土を示す図案を織り込んだ。他にも、樹木の枝葉も入っているし、季節も関係ない。

私がこれまでを振り返って刺したものだからだ。

図案としては、全体を見ると斜めや左右、上下で対照になっていたりして、悪くない出来だと思う。

「……聞いてもいい？」

「はい」

隣のパーシヴァル様は暫く作品を眺めてから、私に視線を移す。じっと作品を見ていたのと同じように、私の目を見ながら、何かを探るようだった。

「この作品は、ミモザの物語、なんだよね」

「そうですね」

右下のプレートを見たのだろう。タイトルに『私の中の物語』とあり、すぐ下に『ミモザ・シャルティ　作』と書いてある金属プレートがあるのだ。

「ミモザは、この作品の中に、君の姉……カサブランカ嬢も入れているよね。それも、中心の方と、他にも様々な場所に」

「ええ、私の物語の中には、必ず登場しますから」

微笑んで頷く。こうして、ちゃんと見て読み取ろうとしてくれるところが、とっても嬉しかった。ただ作品の意図を尋ねるのではなく、パーシヴァル様なりに作品を受け止めて、それで私に聞いてくれる。一緒に見に来たのだと感じられるし、私と向き合うことと、作品と向き合うことを別にしてくれている。

もっと話そうと口を開きかけたパーシヴァル様が、そっと口を閉じた。

「……あぁ、もっと聞きたいのだけれど、ここでは次の人に障るね」

静かな声で会話していたけれど、確かにその通りだ。一度部屋を出て、自然公園にあるベンチにでも行こうかと入り口を振り返った。

「……ミモザ？」

「お父様……」

たまたま、その時ここに入ってきたのはお父様……ノートン子爵だった。

お父様と私がそっくりな顔で目を丸くして暫く見つめ合い、ふっと力を抜いて笑った。同じタイミングだったので、それもまたおかしく感じる。

すぐにお父様は姿勢を正して一礼、親しみの籠もった微笑みで顔をあげた。

「シャルティ伯爵令息ご夫妻、ご挨拶が遅れました。この場は静かに、というように注意書きもありましたので、簡易な礼にて失礼いたします」

「お義父上、どうぞ気になさらず。我々は今出ようと思っておりましたので、また後ほど、よろしければ昼食をご一緒にどうでしょうか」

「喜んで」

パーシヴァル様が気をきかせてお父様を誘ってくださり、お父様も即答で承認してくれた。ではまた後ほど、と挨拶して、お父様に場所を譲る。

一通り見て回ってから自分の作品を見に行ったので、私達はすぐに美術館の建物を出て自然公園へ向かった。

エントランスから延びる小路を歩き、近くのベンチに並んで座る。目の前には整えられた庭園が広がっていて、街中だけれど空が広いと感じた。

「びっくりしました、まさか、お父様が……いえ、私が招待状をお願いしたのですけど」

「家族を招待してもいい、と言っていたからね。でも、ミモザの作品の前でというのが、すごい偶然だ」

パーシヴァル様と笑って少しお父様とのことを話す。

嫁いでからこちら、めまぐるしくてなかなか実家には顔を出していなかった。同じ街に住んでいるのに、まったく私もお父様も不器用なことだと思う。

しかし、先程の様子を見ると、お父様がすごく柔らかな印象になっていた。

実家にいた時のお父様の印象は、神経質で小心者、と思っていたけれど……今日のお父様は、余裕を感じたというか。

「お義父上、笑っていらしたね」

「あ！　……そうですね、確かに、いっぱい笑ってらっしゃいました」

パーシヴァル様に言われてはっとする。そう、お父様、顔を合わせてもにこりともしない人だったように記憶していたのに、今日はすごく笑っていた。

印象が全然違う。お父様の現在の心境や状況を知りたいと思っている。

「……パーシヴァル様は、よくお気づきになりましたね」

お父様の変化を、あまり顔を合わせたことがないはずのパーシヴァル様の方が知っていた。それに驚いたのでおずおずと尋ねると、笑って頷く。

「あまり会ったことがない相手だからこそ、印象が変わると分かりやすいんだよ。この後の昼食でゆっくり話をしよう」

頷いて、先程の続きの話だろうかと居住まいを正した。

「ミモザは、カサブランカ嬢をどう思っているんだい？」

「私が、カサブランカをどう思っているのか……」

確かに、刺繍の中にはいっぱいカサブランカが登場した。

それは私の過去には必ず彼女が存在して、その過去が今に繋がっているから当然でもある。

さっきお父様と会った時に、私は確かに嬉しいと思った。お父様が来てくれたんだと、そして、たくさん笑ってくれてそれも嬉しいと思った。

変化を知りたいと思ったし、その話をこの後するのが嬉しいと思う。

お父様も、私の過去に深く存在する人だ。カサブランカと同じく、私の血の繋がった家族。

「私は、……カサブランカを、過去の人だと思っています」

「過去の人……」

「あの刺繍に刺したのは、過去のカサブランカです。私には意地悪で、高圧的で、ワガママで怖くて……いい印象なんて全然ありません。ですけれど、……あの姉は美しい人でした。見た目の美しさだけの話ではありますが、私はあの姉に比べて下に見られても『そうかも』と心から思う程度には……カサブランカを美人だと思っていたのです」

見た目が美しく、それを自信にして、さらには武器にもしていたカサブランカは私にまでその武器を振るった。誘惑するのではなく、振りかざす。

だから私は、カサブランカのことが嫌いではある。二度と会いたくないなと思うし、今どうしているのかも気にならない。ううん、知りたくないと思う。

私の過去にいるカサブランカは、パーシヴァル様に語ったような人だ。ずっと私の人生にいる。

そのカサブランカが私に及ぼした影響は、計り知れないものがあると思う。

もし、の話をしたらとめどなくなりそうなくらいに。

彼女が私に優しかったら？　彼女が私と仲が良かったら？　彼女が私に無関心だったら？　彼女が社交界で上手に生きていたのだとしたら？

仮定してみるだけで、私はきっと違った思い出と性格だったかもしれないと思う。引っ込み思案ではなかったかもしれないし、読書や刺繍にこれほどのめり込まなかったかもしれない。

そうなると、パーシヴァル様に嫁ぐことも、もしかしたらなかったのかもしれない。

「……もう会いたくも、近況を知りたくもないと思うのに、いなければよかった、とは思わないんです」

「そうか……ミモザにとってのカサブランカ嬢は、失くしたい過去というわけではないんだね」

「はい。辛かった、と思います。今はもう、それも過去なので……そう、ですね」

自分で口にしてみてはっと気付く。自分一人で向き合うだけでは、思い至らなかった部分。

「私がカサブランカのことを、すっかり過去にできたのは……パーシヴァル様のおかげなんですね」

パーシヴァル様の顔を見つめて口にすると、自分の心や体にその言葉はとてもしっくりときた。

全身が温かいもので包まれるような気持ちになり、顔が弛む。

言われたパーシヴァル様の方が驚いていて、目を丸くしてから、ふ、と微笑んだ。

「……そっか、私のおかげなんだね」

「はい。……パーシヴァル様が、私を見初めてくれたから……シャルティ家に嫁ぐことができて、どんどん変わることができました」

春の陽射しの青い瞳を見上げながら、私は今気付いたばかりの嬉しいことを、パーシヴァル様に言い募る。

それまで、部屋の中で止まっていた時間が動き始めたのだと思った。

植物ならば、芽が出たところで成長が止まってしまっていた。それが、シャルティ家という土に植え替えられ、パーシヴァル様や家族の愛情や温かさ、陽射しを浴びて、たくさんの学びをもって成長できた。

一息に蕾をつけるくらいには、あっという間で。

「パーシヴァル様は、私の騎士で、私の太陽ですね！」

思ったことをそのまま告げたものの、この言い回しはまるで愛の詩か何かのようだったなとはっとする。パーシヴァル様が赤くなって動きが止まってしまったので気付いたけれど、これはちょっと恥ずかしい。

いくら嘘偽りのない気持ちと喩えだとしても、あなたは私の太陽だ、という言い回しは古来から大袈裟なほどの愛の表現に使われている。私も古典で何度も見た。

「……ふは」

私も顔が熱くなって視線を逸らすと、パーシヴァル様が楽し気に笑い声をたてる。

「ミモザ、こちらを向いて。……私が君の太陽ならば、君は私の雨だ。私の心を癒す恵みの雨」

「うわ、わ……」

恥ずかしい言葉の引用をやり返されて、動揺して変な声が漏れ出てしまう。漏れ出ているので抑えようがない。

隣り合った体が少し近付いて、こちらを見つめる瞳が近くなる。私の赤くなっているだろう頬を、パーシヴァル様の大きな掌が包んだ。

「……私も、どんなに嫌だったと今さらに実感しても、あの過去がなければよかったとは思わない」

「はい」

考えていたよりも重たい声が降ってきて、それを頷いて受け止める。

「私の過去、肥っていたことは、今ではいっそ誇りにも思う。その当時、何も言わずに、大人になってから会話という形で伝えられたことを」

黙って頷く。くり返される心無い言葉や侮蔑の態度、仲間外れにされること。子どもの世界なんて狭くて、その中が世界の半分でもおかしくない。

それを、家族の愛情を受けて、こうして優しい気性のまま素敵な大人になったのだ。

大人になってから、嫌だった過去を改めて嫌だったと受け止め、原因を調べ、会話をもって未来に繋いだ。

「パーシヴァル様は、本当に素敵な人です。私はその過去をよかったとは思いません。でも、それがあって今のパーシヴァル様があると強く思っていますし……そして、私たち二人とも、過去を過去にできたから未来のために動けたんですね」

パーシヴァル様自身ががんじがらめになっていた、伝統、という縛り。

過去を受けとめたからこそ、嫌だったことをまだ見ない子どもに課したくないと思って行動した。

私もまた、過去が辛かったとパーシヴァル様に助けてもらって受け止めて行動し、今があるから、行動を躊躇わなかった。

過去を糧に、未来に向かおうと思えたのは、私にはパーシヴァル様がいたからだ。

「……確かにそうだね」

私の言葉にきょとんとしたパーシヴァル様が、そうひとりごちて、それからくしゃりと笑顔になる。

「ミモザと一緒に、今度は未来を考えたい」

「私も、一緒に未来を考えたいです、パーシヴァル様」

心からの笑顔を返す。

パーシヴァル様の顔がゆっくり近付いてきて、私の心臓がとくとくと速くなって。

「コホン！」

盛大な咳払いの音に、実際に飛び上がってしまった。その勢いでパーシヴァル様と距離を取る。

ここは外だということをすっかり失念していた。

外は外でも、シャルティ邸の庭でもないし、周りに誰もいない海や森でもない。

すぐ背後は美術館である。

先程とは違う心臓のばくばくという速さに胸を押さえ、咳払いの方をそっと見る。

「……お父様」

「仲睦まじいのは良いことだが、少々蜜月が長いのではないだろうか？」

「仰る通りです」

パーシヴァル様も苦笑して頷く。

先に立ち上がったパーシヴァル様に手を貸してもらい、私も立ち上がった。

よく見ればお父様は難しい顔をしているのだが、その口元がひくついている。

「なるほど、では蜜月の長さの話も昼食を摂りながら聞かせてもらえますか」

「もう、お父様……！」

厳格そうに言ってから、堪えきれないようにお父様の口元に笑みが浮かぶ。

慌てる私を見てパーシヴァル様もお父様も声をあげて笑ってから、連れ立って街に向かった。


この現在は、ノートン家を出る時には予想すらできなかった。

でも、確かにここにあって、私は幸せを感じている。

過去を積み上げて立っているこの幸せな現在からならば、幸せな未来を思い描けるのではないだろうか。

ただ何が起こるのかという成り行き任せの未来ではなく、自分たちがどうしたいかで行動して摑んでいく、幸せな未来が。

エピローグ　家族

今日は久しぶりにお義母様のお茶会……『アレックス・シェリルを囲む会』が開催されていた。シャルティ邸の庭先にテーブルセットを出し、春の陽射しと花に囲まれて、パラソルの下でお茶を飲みながらアレックス先生の小説について思う存分語り合う。

そのテーブルセットに使われるクロスにアレックス先生の物語をモチーフにした刺繍が刺してあるのも、このお茶会ならではだろう。同じテーブルに座れば、そのテーブルクロスをきっかけに話が弾むのだ。

参加者はお義母様が選ぶのだが、もう大体の参加者が仲良しでもある。けれど、新しい参加者もどんどん増えてもいるので、いつも新鮮な気持ちで参加できるのが嬉しい。

「ミモザちゃん、今回のこれ、新作？」

「はい！　お義母様が座られる席にぜひ、とお願いしてセットしてもらいました。アレックス先生の新作が出るたびにテーブルクロスも刺して言うんですよ」

「あら、嬉しいわぁ」

My Happy Future Plan

そんな風に言って、ご自分のテーブルの会話に戻っていく。私も視線を前に戻した。

五年前、この囲む会に初めて参加した時から、参加メンバーはずっと増えている。

シャルティ領と王都の屋敷を往復するお義母様は、領地でもお茶会を開き、アレックス・シェリルファンを見つけては王都のお茶会にも誘っている。

今日私が座っているテーブルには、メディア様と、新しく招かれたデビュタントを済ませたばかりの女の子が二人だ。

「こうして皆さんとお喋りできて、本当に嬉しいです。新作はもう読まれました？」

「は、はい！　あの、図書館で借りて読みました」

「私が先に読んだんですけど、この子、読んでる途中なのに話題を振ってくるから、先の内容を言わないように必死でした」

二人は友達らしい。緩く巻いた金髪に大きなリボンを付けた少女が、それは謝ったじゃない、と頬を膨らませている。

揶揄ったような笑みを浮かべて、ブルネットのまっすぐな髪を切り揃えた女の子が、別に怒ってないわと宥《なだ》めている。

ほほえましい光景に、思わず私とメディア様は顔を見合わせてにっこり笑った。

「どのシーンがお好きでした？」

メディア様が話を振ると、二人は競うように好きなシーンを語りだす。私も相槌を打ちながら、一緒に好きなシーンを語る。

お義母様が見つけてくるアレックス先生ファンは、本当にアレックス・シェリルの本が大好きな人ばかりなので、話題には事欠かない。いつでも和やかに、それでいて楽しい時間が過ぎていく。

おかげで、面白がって新しい参加者に『ミモザちゃんに私愛されてるわ事件』が語り継がれており、私はお義母様とはまた別の尊敬の眼差しを一度は受けることになるのだ。それはちょっと恥ずかしいので、もうそろそろ勘弁して欲しい気もする。

お義父様は去年、パーシヴァル様にシャルティ伯爵の当主の座と近衛騎士団長の位を譲った。完全に引退したのかと言われるとそうではなく、軍部のもっと上の位に就いたのだという。ただ、上の位ということだけで、表立った役職ではないので偉くなったということしか私は知らされていない。

パーシヴァル様に譲られた理由は、王太子殿下と共に隣国までの新街道を通っての視察を行い、そこで文化交流により損をした人間の集まりによる妨害から王太子殿下を守り抜いたためだそう。危ないことをあまり詳しく教えてくれないのだ。でも、お仕事がお仕事なので当たり前だとも思う。

私は他の人に知らされるのよりもほんのちょっぴり多く知っていて、そのおかげで心配しながらも待っていられる。

「今回の本も、挿絵もすっごく素敵でした！　王子様なんて、あんな素敵な男性見たことがありません」

「王都にはあんなに素敵な男性がいらっしゃるのでしょうか？」

メディア様は、いよいよアレックス先生の本に挿画をつけるようになっていた。

今回の新作のタイトルが『裏庭の姫』で、婚外子の王女が身分を隠し貴族学校に通っていて、自分やお世話になっている庶民の友人が使うために裏庭で薬草やハーブを育てていたら、そこに交換留学でやってきた別の国の王子が迷い込み……という始まりなのだ。

「確かに、裏庭に現れた王子様の姿、うっとりする程素敵でしたわ」

私も一緒になってあの挿絵が素敵だったという話になる。メディア様は挿画が自分だということを公表していない。

なんと、この囲む会であまり自分に話題が来て欲しくないからだそうだ。

純粋にファンとしてこの場に参加したい気持ちがよく分かるので、調子に乗って話題を広げ過ぎないようにしないといけない。せっかくのメディア様の努力が水の泡になってしまう。

彼女は現代美術館に複数作品を収め、それがデビューとなった。

それまでのようなインテリアとしての絵ではなく、芸術作品としての絵の地位を確立することとなったのだ。

賛否両論が社交界に吹き荒れたが、元々ご実家のロレアンス家はメディア様を応援していたので、メディア様は悩みすぎて筆を折る、ということはなかった。悪意がすぎるものからは守られたし、言論だけの批判は「そういうものだな」と受け止める。

こっそり私にいっぱい嘆いていたし、物作り仲間の前では涙することもあったけれど、それは皆がそうだ。半年に一度は集まって、その間にあったいいことも、いやなことも話し合っている。

メディア様は演技派で、世論に晒されそうな所ではいつもきりっとしていらっしゃる。そして今も、自分の話だと分かっていながら、素知らぬ顔で話題にのってきた。

「確かに素敵でしたわね。アレックス先生の王子の描写が素晴らしいので、絵が合っていると一層素敵に感じられましたわ」

「本当に、挿絵がない本でもアレックス先生の人物描写は素晴らしいです」

「瞼の裏に、しっかりと姿が思い浮かぶんですもの。人物描写といえば、『火炎の華』に出てきた令嬢なんですが……」

興奮気味に語りだす女の子二人が可愛らしい。

うまいことメディア様は話を本やアレックス先生に戻したな、と横目で見ると、メディア様は得意そうな顔で笑っていた。

その顔がおかしくて、私はますます笑ってしまう。

この楽しい時間がずっと続けばいいのに、と思うものの、終わりの時間はやってくるのだ。

お義母様と一緒にお客様を見送り、後片付けの手伝いに残ってくれたメディア様も見送ると、なんだか少し寂しく感じる。けれど、寂しがっている暇はなかったりもする。

「おかあさま！」

「僕たち、いい子で待っていました！」

エントランスでお義母様と今日のお茶会も楽しかったですね、と笑っていると、子ども部屋に迎えに行く前に、向こうからやってきた。

茶色の巻き毛に青い瞳の長男レイモンドと、金髪のストレートヘアを小さく頭の両脇で結っている長女のデイジーが、私のスカートに埋まるように抱き着いた。

「まぁ、二人とも。長い時間いい子にできたのね。どんなことをしていたのか、お母様に教えてくれる？」

「おばあ様も聞きたいわ。一緒に聞いてもいいかしら？」

レイモンドは四歳で、デイジーは三歳。まだ階段を自分で降りたりはできず、ルーシアが抱っこをして連れてきてくれたらしい。

スカートにおもいきりしがみつく二人の頭をそっと撫でて体が離れたので、二人と手を繋ぐ。お義母様も一緒になって二人に構ってくれるので、私も嬉しい。

お義母様は、私がすぐに妊娠した時も、そして生まれた時も、孫ができたと泣きながら喜んでくれた。

一番心配してくれていたかもしれない。パーシヴァル様も喜んで、心配してくれていたけれど、お義母様の方が旦那様なんじゃないかというくらいに気にかけてくれていた。

ただ、私にあれこれ口出しをしたりはしない。私が困った時に相談すると、一緒に考えてくれたり教えてくれたりする。

ご自身が子どもを授かるのが大変だったから、なるべく快適にしてあげたいのだとお義母様は仰ってくれた。

私なら、私が目の前で慣れない育児をたどたどしくやっていたら、あれこれ口を出してしまいそうな気がする。……いつかデイジーがお婿をとったりするかもしれないし、レイモンドがお嫁さんを迎えるかもしれないけれど、その時にお義母様のようにできるように今から考えておいてもいいかもしれない。

小さな手が私の手をきゅっと握り返して、四人でサロンに向かう。お茶はもういいが、夕飯時にはまだ早いので、そこで二人の話を聞くのだ。

「おばあ様の絵本を、デイジーに読んであげました」

「うん！　おにいさまが、デイジーに、これ、わーって！　こうした！」

毛足の長い絨毯の敷かれたサロンでソファに並んで座る。お義母様は一人がけのソファに座って、嬉しそうに子どもの顔を覗き込んでにこにこしている。

アレックス・シェリル名義で小さい子ども向けの絵本もお義母様は監修している。

王妃様の花園の情報を駆使して、若い画家や作家の卵に仕事を割りふったりもしていたのだが、いよいよ出版社を立ち上げてしまったのだ。

本格的に花園に事業主として参加したお義母様は、王妃様の花園でそれまでに聞いてきたことを活かして、出版社の経営をしている。

私はお義母様のバイタリティにはとても追いつける気がしない。相変わらずのパワフルさで、年々それがパワーアップしているように思う。本当に、いつ寝ていらっしゃるんだろう。

そんなお義母様のおかげもあって、レイモンドは言葉を憶えるのも、文字を憶えるのも早かった。今もとてもしっかり話せているし、デイジーに読み聞かせができるようになっているのが純粋にすごいと思う。

デイジーは感情表現が豊かで、感情のふり幅も大きい。少し冷静すぎるような気がするレイモンドも、デイジーの感情にはたじたじとなって振り回されている。

二人とも、お互いのことが大好きなので、喧嘩らしい喧嘩はあまりない。デイジーに振り回されて、それもまた嬉しいレイモンド、という構図になっているようだ。

「おにいさまね、ねこのまねじょーずなの！　にゃーんが、ねこのにゃーんなの」

「まぁ、レイモンドは読み聞かせがすごく上手なのね。たくさん練習したのかしら？」

デイジーが小鼻を膨らませて兄を褒めると、お義母様が大袈裟に目を丸くしてから蕩けるような笑顔になって尋ねた。

レイモンドはすっかり照れて耳まで赤くなり、こくこくと頷いている。パーシヴァル様の思考停止も、そのうちレイモンドには表れるかもしれないなとこっそり思う。可愛らしい個性なので、社交界で困らないようにパーシヴァル様が相談に乗れるよう、時間をみつけて相談しておこう。

「ただいま、ミモザ、レイモンド、デイジー。母上も、ただいま戻りました」

「パーシヴァル様」

不意にサロンの扉が開いて、近衛騎士団の制服を着たパーシヴァル様が入ってくる。

彼はどんどん精悍になっていくのだけれど、家にいる間は変わらず柔らかな雰囲気で、いつでも優しい。

私の頬に後ろから口付け、ソファから飛び降りて両脚にしがみついたレイモンドとデイジーを抱き上げている。

パーシヴァル様は子どもたちの健康状態にはとても気を遣っているが、二人で話し合い、やはり過剰になるほどの栄養はやめておこうという話になった。

赤ん坊の頃から健康であまり体調を崩さなかったのもあって、そう決めた。たまに体調を崩した時には心配で死にそうな気持ちになったので、色んなものを食べさせて、運動もさせて、という方針は実行している。

二人とも肥ってはいないが、子ども特有の丸い頬や丸いおなかはしているし、あまり風邪をひいたり熱を出したりもしない。

「レイモンド、デイジー。お父様にも、今日一日何があったか教えてくれるだろうか」

パーシヴァル様は二人を膝にのせながら私の隣に座る。こぞって話し出す二人を優しく見つめて、

うん、うん、と頷いていた。

私はこっそりとルーシアに夕飯の支度をお願いする。窓の外が赤くなってきたので、お義父様もあと一時間程で帰ってくる。

そしたらきっと、お義父様もレイモンドとデイジーに今日は何をしていたのかと聞くのだろう。レイモンドもデイジーも「おじい様」が好きなので話したいだろうけれど、これだけお話ししたら、夕飯中は静かかもしれない。

興奮しすぎるとデザートに差し掛かる頃には半分眠りながらカトラリーを動かすのだ。頭がかくん、かくん、と揺れるので、少し心配にもなる。

「おや、デイジーもレイモンドも、今日のお洋服も素敵だね」

「そうなの、お母様がこれがデイジーなのよって刺繡してくれたの」

「僕のシャツにも、デイジーを入れてくれました」

デイジーのワンピースの裾と、レイモンドのシャツの襟には、私がデイジーの花の刺繡をしてある。

新しい服を手に入れると、私のもとに何かを刺繡してもらおうと持ってくるのだ。今日はどうも、お揃いがよかったらしい。

デイジーの花の刺繡はいろんなものにしているので、偶然かもしれないけれど。

ワンポイントでも、自分たちの服に母親が刺繡を入れると、何か嬉しいらしい。可愛いので、いくらでも刺繍してあげたいと思う。

今日の出来事から、服の刺繍、レイモンドは剣を習いたいという話もしている間に、お義父様の乗った馬車の音がした。

「さぁ、おじい様を迎えに行って、皆で夕飯を食べよう」

「はい」

「あい！」

パーシヴァル様が両腕に子どもを抱いて立ち上がったので、私とお義母様も立ち上がる。最初にお義母様が部屋を出て、その後ろにパーシヴァル様と子どもたちが続き、私は最後にサロンを出た。

エントランスではお義父様が待っていて、今日はノートン子爵……お父様も一緒に来たらしい。

お父様とお義父様は、何故かすごく仲がいい。こうしてたまに、一緒に夕飯を摂るのだ。

西日が射し込む白いエントランスに、私の家族がみんな集合して、楽しそうに笑っている。

この幸せな現在は、すべて、美人の姉が『白豚』な次期伯爵との結婚を嫌がったところから始まったのだ。

番外編1　過保護なシャルティ一家

それは、春風が甘やかな花の香りを運んでくる頃のことだった。

パーシヴァル様は本格的に伯爵位の継承の準備を進め、今はお義父様と一緒にシャルティ伯爵領で過ごしている。

留守を託されてお義母様と一緒に家を守っていた私は、美術館に新しく収めるための刺繍作品作りと家事に忙しくしていた。

お義母様は王都での領地運営の仕事を代理で行っていて、すっかり家のことは私に任せてくれるようになったのだ。はじめたばかりで、今ならば分からないことが出たらすぐに聞ける環境にあるので、私も一生懸命に取り組んでいる。

「んん～～……！」

2階にある夫人用の書斎で大きく伸びをする。冬は寒くて控えめだった社交も、春になれば忙しない。

ある程度は冬の間に予算も組んでいるのだが、実際にお茶会を開くとなれば、それなりの準備が

必要になる。今は来月開催するお茶会の招待客をリストにしていた。それが終わったら場所を決めて、飾る花も決めて、早めに諸々の注文を出さなければ。

お菓子の材料に、果物、春らしいお茶も仕入れたいし、招待状の手配も済ませなければと、頭の中でやることが山積みになっていく。お義母様が最初に教えてくれたのもお茶会の計画だったなと思い出すと、なんだかすこし胸が温かくなった。

「ミモザちゃん、入ってもいい？」

「お義母様。はい、どうぞ」

ノックの音と共に軽やかなお義母様の声掛けがあり、私の返事を待ってドアが開いた。

お義母様は薄桃色の柔らかい生地のドレスを着ており、装いまで春らしかった。歳を重ねては難しいだろう色でもお洒落に着こなすところが本当に素敵だ。いつまでたっても、お義母様のようにはなれる気がしない。

「お疲れ様。今度のお茶会かしら？」

「はい。ガーベラがそろそろ見頃なので、ガーベラを見ながらのお茶会にしようかと思いまして」

「いいわね。近くの早咲きの薔薇も蕾になっていたんじゃない？」

「ええ！　我が家の庭師は優秀ですね、本当に素敵です」

「じゃあ、せっかくだからテラスで休憩にしない？　お茶に誘いにきたの」

「まぁ。キリがいいところだったので、すぐご一緒できますわ」

連れ立って一階のサロンに向かい、大きな窓を開け放って準備のできているテーブルについた。

目の前に並ぶのはバタークリームの花が飾られたケーキに、菫の砂糖漬けが浮かんだお茶。焼き菓子もいくつかあって、スコーンは湯気をたてていた。クロテッドクリームとベリージャム、マーマレードがテーブルに彩りを添えている。

「とっても美味しそうですね」

「ええ、最近忙しいでしょう？　おやつもしっかり食べて、元気に過ごしましょうね」

そう、本当に美味しそう。美味しそうに、見えるのだけれど……。

お義母様は早速お茶を飲み、スコーンを手に取って割っている。クロテッドクリームの濃厚なミルクの香りが、なんだかすごく……胃が重たくなる匂いに感じる。

バタークリームのケーキもそうだ。なんだか手が伸びない。

焼き菓子のバターの香りも、菫の芳香と温かい紅茶の香りが混ざった匂いも、胸が悪くなる感じがする。

ちらり、とお義母様を見ても、平然と口に運んでいらっしゃる。

（う、ううん……）

お菓子に手を伸ばそうかどうか、せめてお茶だけでも飲もうと手を伸ばしてみるが、途端に胃のあたりが冷えてざぁっと血が下がった。

「う……」

「ミモザちゃん?! 大変、誰か！」

口元を押さえて俯いたまま動けなくなった。少しでも動いたら吐いてしまう気がする。なんとか香りをハンカチで防いで浅い呼吸をくり返す。すぐそばに駆け寄ったルーシアが背中をさすり、他の使用人が桶を持ってきてくれたが、サロンで戻すなんて粗相もいいところだ。なんとかお手洗いまで耐えたい。

「誰かお医者様を呼んで！ ミモザちゃん、気持ち悪いなら、いいから出しちゃいなさい」

お義母様の毅然とした声がすぐ近くから聞こえる。

本当に気持ち悪くて、目の前の桶が魅力的に見える。粗相をしたくないのに、気持ち悪さで動けない。

「大丈夫。ここはあなたの家なのよ？ こんなこと、粗相にならないわ」

お義母様の優しくあやすような声と、背を撫でる手に、私は涙目になったが、どうしても漂ってくる香りに気持ち悪さを堪えられなかった。

自分がやってしまったという気持ちが強くて、その後のことはよく思い出せない。気付いたら着替えてベッドの上にいた。

「おめでとうございます、ご懐妊です」

「へ、ぇ……？」

「やったぁ！ やったわね、よかった、ミモザちゃん！」

だからお医者様の言葉を聞いた時、私の記憶は曖昧で、まっさらで、そこに突然言われて変な声が出てしまった。

茫然としている私の横で、お義母様が興奮して喜んでいる。

ベッドに座ったままびっくりして固まっていた私の手を両手で握り、ぶんぶんと上下に振った。

「さっきのはつわりだったのね！　ミモザちゃん、食べ物の匂いがダメになるのは当然よ！　だから気にしちゃダメ！」

「え、は、はい」

すみませんお義母様、気にする前に今ちょっと頭がおいついていなくてですね。

——子ども。

自分のお腹に無意識に手を当てていた。茫然と、視線はシャルティ家の主治医からそっと手元に落ちる。

まだ実感は湧かない。それでも、ここに新しい命が宿っているらしい。

そっと撫でる。当たり前だが、まだ何の反応もない。

でも確かに感じる。ここに、命が在ると。

一瞬で涙が溢れた。

「う……ふ、う……嬉しい……嬉しいです、私と、パーシヴァル様のお子が……」

空っぽだった頭に、喜びが涙と一緒に溢れた。胸いっぱいに、涙として溢れるくらい、喜び一色が私を支配した。

「そうよ、そうだわ。パーシーとあの人にも報せないと！　私、行くわね。ミモザちゃんはゆっくりしてちょうだい」

「お、お義母様！　あの！」

お義母様の言葉にハッとして顔をあげた。お義母様は嬉しそうだが、パーシヴァル様のお戻りはあと半年後の秋だ。

収穫時期はどこも忙しない。その前までに準備を整え、収穫が終わった後は数字と実物を確認しに戻る。

まだこれからが忙しい時期なのだ。

（……お義母様に言いたくはないけれど……でも……）

きょとん、とした顔でこちらを見ていたお義母様が、またすぐ隣に戻ってきた。私の手をそっと握る。

「まだ、伝えたくないのね？」

「はい……」

妊娠初期は、悲しいけれど子が流れやすいと家庭教師に習った。自分でも本で読んだことがある。

元々跡継ぎを産むのは貴族の夫人としては大きな役割ではあるが、だからこそ慎重になりたかった。

「今は、パーシヴァル様も大事な時期です。えっと……安定するのは五ヵ月、でしたか？」

「そうですね、おそらく今はまだ一ヵ月経った程度だと思いますが、あと四ヵ月も経てば安定するでしょう」

パーシヴァル様が領地に発たれた時期とも計算が合う。

もし、今流れたら……パーシヴァル様とお義父様の仕事が滞ってしまう。

安定してからお話ししたい。

「お義母様、私……私は、パーシヴァル様の足を引っ張りたくないのです」

「ミモザちゃん……」

「せっかく留守を任されたのに、喜ばしいこととはいえ、呼び戻してしまうのはよくありません。私はパーシヴァル様のお力になりたいのです」

「そう……そうよね、分かったわ」

お義母様の方が泣きそうな顔で、私の手をもう一度両手で握りこむ。

泣きそうに眉をさげ、優しい目で私を見つめているお義母様に、私は励まされて口元を緩める。

「ありがとうございます、お義母様。……その、妊娠は何分初めてなので……」

「そうね、経験があったらびっくりしちゃうわ」

「実の母も頼れませんので……あの、色々と、教えてくださいますか？」

心からの言葉だった。自分一人でこのお腹の命を守っていけるとは思えない。

パーシヴァル様を頼らないと決めたのなら、お義母様に頼りたい。

でも、お義母様がご自分の妊娠で辛い思いをされたのは知っている。だからこそ、断られてしまうかもしれない。

「当たり前じゃない！　ミモザちゃんは私の娘よ、不安な思いなんて、寂しい思いも、させませんからね！」

不安になって視線を揺らしてしまったけれど、お義母様はすぐさま断言してくれた。

勢い込んで身を乗り出したお義母様に、先程の喜びようを思い出す。

嬉しくて、ありがたくて、本当に頼りがいがあって。

「ありがとうございます、お義母様。よろしくおねがいします」

「任せて！　さぁ、そうと決まれば夕飯前に手配を済ませてくるわね」

そう告げて、お義母様は主治医の先生と一緒に部屋を出ていった。

後に残されたのは私と、そのお世話をするルーシアだ。

「おめでとうございます、ミモザ様！」

「ありがとう、ルーシア。……頑張るわね」

ルーシアに御礼を言ってから、もう一度お腹に触れる。

この中に在る命に、私は秘かに、それでも誠心誠意誓った。

頑張るわ、と。

「でもこれはちょっと頑張れそうに……ない……」

◇◇◇

「ミモザ様――っ!!」

食堂で崩れ落ちた私を叫びながら支えてくれたのはルーシアだ。

お義母様は明くる日の夕飯から、見たことのない食べ物を、見たことのない方法で山ほど出してきた。

どろりとした液体に浸かっているどろどろのつぶつぶとか……。

派手な色の果物とか……すごい臭いのものもあった。

そして今日は、一見美味しそうな見た目の甘そうな食べ物だった。上にはドライフルーツとナッツが彩りよく載せられていて、白いとろっとした部分は牛乳に見えた。

しかし、スプーンを入れると、またもやどろりとしている。

「い、一体お義母様は私に何を……？」

何を食べさせられているか不安ではあったけれど、どれも平素の食べ物のような匂いはない。

くさい果物だけは遠慮したが、基本的に食べられないものはなかった。

私と同じメニューにしてもらうのも悪いので時間もずらしてもらう。お義母様が後なのは、焼けた肉や魚の匂いが私にはどうにも油くさく感じられて気持ち悪くなってしまうためだ。

お茶も、ミントやレモングラスといった、さっぱりとした香りのハーブティーになった。紅茶の葉を使わないようにしたもので、ハーブの香りが胸をすくようで心地がいい。妊娠中の紅茶の飲みすぎは体によくないらしかった。

「ミモザ様、大丈夫ですか？」

「ええ、もちろんよ……さっきは弱音を吐いてしまったけれど、頑張るわ」

お義母様の気遣いと心配りは完璧だ。私はほとんど気持ち悪くなることがなくなった。

邸内に漂う香りにまで気を遣ってくれているし、私が移動する時には必ず人が傍にいるようにもしてくれている。

ただ、完璧がすぎるというか……。

「でもね、毎回毎回、きっちり食べ終わるとお腹がすごく満腹になるのは……うん……」

私は命が宿っている場所よりも上、胸の下の胃のあたりに無意識に手をあてた。

見たことがない類いの食べ物であったとしても、出てくるのは少しずつだ。普段の料理の量よりも、一種類あたりの量は少ない。

とはいえ、種類が問題だった。毎回かならず10品目以上の食材が惜しげもなく出てくる。

料理番も大変だろうし、私も大変だ。今もお腹がはちきれそう。

「少し量を減らしてもらえないか、お義母様に聞かないと……」

「ミモザ様、それなら座って待ちましょう？」

というわけで、この後やってくるお義母様を待っていた。

最近はおなかいっぱいになるまでご飯が出てくるので、食べ終わった後少しでも自室で横になっていたのだ。

お腹も膨らんではいないし、他に変調はないのだけれど、どうにも眠気が堪えられないのもある。

「あら、ミモザちゃん？　眠らなくて大丈夫？」

「お義母様……！」

ルーシアに促されて食堂の椅子に座って待っていたら、お義母様がお義母様用の料理より先にやってきた。

どうやら給仕のメイドが気を利かせてくれたらしい。

急いで立ち上がって、深く頭を下げる。

「申し訳ありません、お義母様……！　きっちりご飯はいただけるようになったのですが、量が……量が、少々多くて……」

「あらぁ……、そうねぇ、確かに多いかもしれないわねぇ」

「どうにか減らしていただけないでしょうか、残してしまうのはもったいなくて……」

「うーん、そうねぇ……」

お義母様は困ったように頬に手をあてて悩んでいた。

「あのね、ミモザちゃん。あと二ヵ月もしたら、普段よりも多くご飯が必要になるの」

「え……」

「それでね、今はほら、フルーツとか牛乳とかが中心でしょう？　お肉や小麦でお腹を膨らませるよりも、まだ食べやすいし消化しやすいはずなのよ」

つまり、この量の普通の食事が出てくることになるようだった。

今はまだ胃を広げる段階だから、これでも手心を加えられていたらしい。

「あまり急にいっぱい食べようとすると、今度は体が慣れてなくて肥ってしまうこともあるし……食欲と食べられる量があわなくて、間食が増えるかもしれない。肥るのはね……特に妊娠中に急に肥るのは、やっぱり体に悪いのよ」

ぐうの音も出ないほど正論に聞こえる……！

「すみませんでした、お義母様。私、今のご飯を残さずちゃんと食べて、体を慣らします……！」

義母の愛でしかなかった。お義母様は気にした様子もなく、私の肩に手をおく。

「いいのよ。説明してなくてごめんなさいね。でも、事前に説明したらきっとこうやってお話できなかったと思うの」

これからも、何かあったら素直に言って欲しい、とお義母様は私の目をまっすぐ見つめて言ってくれた。

たしかに、事前に必要だと言われていたら、私も黙って無理を続けたかもしれない。

「量が多すぎて体調が悪いとかだったら、ちゃんと残すのよ？　そこはしっかり管理してちょうだいね」

「は、はい……！」

「よかった。今日はどう？　元気？」

「ええ、元気です。でも、最近はすごく眠くて……」

今も実は、少しばかり頭にもやが掛かり始めてきたところだ。

穏やかだけど強烈な眠気が、私の思考を曖昧にさせていっているのが分かる。

「あら大変。ルーシア、部屋に連れていってあげて。途中で男手を拾ってね。ミモザちゃん、眠くなるのは妊婦さんの典型的な症状よ」

「そうなのですか……？」

「ええ、そうなの。おなかいっぱい食べて、眠って、でも日常生活は続けて、少し散歩もできそうなら散歩もして、体力をつけて元気にすごしましょうね」

「はい……！　ありがとうございます、お義母様」

「うふふ、いいのよ。さぁ、お部屋で少しお休みなさい」

「おやすみなさい、お義母様」

軽く膝を折って礼をし、ルーシアに支えられて自室に向かった。

途中、私が倒れてもいいようにだろうけれど、男性の使用人にも付き添われて階段を上る。

部屋にたどりつくと眠気の限界で、今はお義母様の指示で毎日楽なワンピースを着ているので、だらしないけれどそのまま横になる。妊婦さんってとても大変だし、大変なのにお義母様がめっぽう詳しくて……私も勉強しなければ、と思っているうちに意識は夢の中に沈んでいった。

◇◇◇

「ミモザ！　子どもが生まれたって?!」

「生まれてはないです、パーシヴァル様……！」

妊娠が発覚した時点で半年は残っていた予定を一時ぬけ、パーシヴァル様が三日間だけお邸に帰ってきてくれた。

報せのお手紙を出してから二週間。三日領地を空けるために、相当頑張ってくださったのだろう。

馬を乗り継ぎ乗り継ぎ、髪も服も乱して息を切らせて私の部屋に入ってきたのだ。

「おかえりなさいませ、パーシヴァル様」

「あ、あぁ、ミモザ……ただいま。その、お腹に……触れても？」

「ええ、もちろんです。お父様になるんですから」

私の顔を見て安心したのか、その後に私の膨らんできたお腹に視線をやって、おずおずとパーシヴァル様は尋ねた。

私は快諾したのだが、座って刺繍をしていた私の前にパーシヴァル様が跪く前に、ルーシアが後ろからパーシヴァル様の腕を引いた。

「パーシヴァル様……、失礼かとは存じますが」

今まで聞いたこともない、地を這うような低い声が聞こえてきて、私は驚いて誰の声かと周囲を見回し、それがルーシアの声だと悟る。

なぜなら、ルーシアの顔はいつもの笑顔のままのはずなのに、今までに見たこともないほど強烈な迫力を放っていたからだ。

パーシヴァル様さえぎょっとし、圧倒されて何も言えずにいる。

「まずは、旅の埃と汗を流して服を着替えてくださいませ。妊婦さんに悪いものがついたらどうするんですか！」

「は、はいっ！　分かった、今すぐ身綺麗にしてくる！　ミモザ、すまなかった！　すぐ戻る！」

「わ、分かりましたパーシヴァル様」

パーシヴァル様の返事はかつてないほどはきはきしたもので、私まで目を丸くしてしまった。

どたどたと駆けていく足音を扉の向こうに聞いてから、小さくふきだす。

「あははっ、ルーシア、あなたなんて迫力なの……！」

「笑いごとではございませんよ！　まったく、お部屋に入るまでは離れていた期間も長いですし朗報でもありますからいいかと思いましたけど……もっと気を遣ってくださらないと困ります！」

まだぷりぷり怒っている。その様子は大変可愛らしいが、お腹の子ごと私もしっかり守る、という責任感があの迫力を出していたのかと思うと、また少し笑ってしまった。改まって御礼を言う。

「ええ、ありがとうルーシア。あなたがいてくれて、私はとても助かってるわ」

「お任せくださいミモザ様！」

その後、大慌てで戻ってきたパーシヴァル様は、髪がまだ濡れていたが肌が一段か二段明るくなったような印象だった。

うん、ルーシアの判断は正しかった。これは確かに、お風呂が先だ。土埃やら何やらでパーシヴァル様がだいぶ不潔だったと、全く気付くことができなかった。

パーシヴァル様は私のそんな遠い目には気付くことなく、ふらふらと近付いてきて、今度こそ目の前に跪いた。

「あぁ……嬉しいよ、ミモザ。私と君の子どもか……！」

「ええ……改めて、おめでとうございます、パーシヴァル様」

「あぁ、ミモザもおめでとう。……あぁ、なんてことだ……言葉が出てこない……！」

喜びに目元を染めて、私と視線を合わせたパーシヴァル様は喜色満面で、私まで嬉しくて笑顔になる。

「さぁ、触ってくださいな。たしかにここに、命が宿っているんです」

私が促すと、パーシヴァル様の大きな手が震えながら近づいてくる。

今は胸の下で切り替えた楽なワンピース姿で、立っていればそこまでお腹も目立たないのだが、座っているとちゃんと丸く膨らんでいるのが分かる。

優しく、温かい手が丸くなった部分にそっとあてられた。

「……しっかり元気に育って、元気に生まれておいで……」

「顔を合わせるのが楽しみですね」

「あぁ……」

パーシヴァル様はどこか上の空で、きっと頭の中ではいっぱい子どもに話しかけてくれているんだろうと思う。

パーシヴァル様は私の隣に座り、ようやく人心地がついたようだった。軽食とお茶を運ばせて、もりもり食べている。軽食という量ではなかったが、それだけ急いできてくれたということらしくて、胸の奥がくすぐったくなった。

そして、それだけに黙っていたことが申し訳なくもなる。理由があったとしても、早々に告げておけばよかったかもしれない、とくすぐったくなったのと同じ場所が痛んだ。

「パーシヴァル様、ご連絡が遅れたこと、申し訳ございませんでした」

「いいんだ。私は絶対にそれを聞いたら駆け付けただろう。そうなれば、父上と一緒に領地に戻った意味がなくなってしまう」

「……でも、駆け付けてくれて、すごく嬉しいです」

言葉にしたら、安心感のあまりに涙が溢れてきた。

目の前に、疲れを感じさせない満足そうな微笑でこちらを見つめる旦那様。

頼りがいのあるその胸にぽすんと頭を押し付けて、その広さに安心する。

「……ミモザ、私はまた領地に戻る。だが、必ず出産前には戻ってくるよ」

「はい。お義母様も、ルーシアも、シャルティ邸の皆がよくしてくれています。大丈夫、元気な母子でお待ちしています」

「あぁ、頼む。……でも、ここにいる間、移動は私が抱えてすることにした」

「え？」

「君も食堂で夕飯を食べるだろう？　他にも、書斎なり執務室なり、隣の君のアトリエでもだ。エントランスに行くのなら階段は特に危険だ。私が抱いていく」

「あの、パーシヴァ……」

「心配ない。ミモザは羽のように軽いから。私が絶対に、安全に移動できるよう担当する」

日常生活を送るのは適度な運動なので、それを取り上げられてしまうのはいささか困るのですが……とも言えず、三日間だけのことだからと私はただ頷いた。

パーシヴァル様の顔があまりに真剣で、目が使命感に燃えていて、とてもじゃないけれど拒否できなかった。母は弱い、ごめんなさいねお腹の子。

その後、パーシヴァル様を追うようにして、シャルティ領から山のような季節のフルーツとその加工品、そしてまた領地で育てている得体の知れない食べ物が、お義父様から届いた。

シャルティ一家、実に過保護だと思ったけれど、嬉しいので言わなかった。……子どもが生まれてからは、私もこんな風になるだろうと思うと、なんだか嬉しくもあったし。

元気に生まれておいで。

番外編2　彼女に青を贈るとき

My Happy Future Plan

メディア・ロレアンス伯爵令嬢は社交界で、行き遅れ、と秘かに囁かれている。正面切って言われないのは、彼女が目立った敵もなく、若いながらに社交界に顔が利く存在であるためだ。逆にそういった悪評をうそぶく人間だと、言った方が後ろ指をさされることになるだろう。

ただ、貴族の婚約は十代で交わされ、婚姻も大抵は十六歳から十八歳の間に行われるものではある。行き遅れというのも、別に間違いでもなく、単なる事実だ。

メディアは現在二十代の前半。同世代は皆結婚し、中には子どももいる人もいる。彼女の親友であるミモザも既に二児の母だ。

しかし、彼女本人は行き遅れであることを一切気にしておらず、このまま独身でもいいか、とすら思っていた。

深い夜を思わせる濃い藍色の艶やかな髪に、アメジストのような深い紫色の瞳。白い肌に、すらりと伸びた手足。抜群のスタイルに堂々とした立ち居振る舞いと、潔癖な雰囲気が彼女をより一層美しく見せている。

その美貌と社交界での立ち位置、家の力もあってこれまで縁談は山のように舞い込んだが、その全ては相手からの破談申し込みでダメになった。

メディアが絵を描くことを認められないもの、絵そのものに圧倒されて受け入れられないもの、表面では素晴らしいと褒めながら結婚後はやめてくれると当たり前に思うもの……メディアの周りに、メディアが絵を描くことをよしとする男性はいなかった。

美術館に絵を収め、それをきっかけに画家デビューをした後、メディアはより一層絵に情熱を傾けた。

社交は貴族女性の仕事だ。それは行い続けるが、絵だっていまやメディアの仕事である。

この国の貴族は趣味を大事にする。それどころか、女性が仕事をすることにも積極的だ。

それは国民性から成るものであり、そういう環境が整っているからである。芸術性のある仕事、というものは今までそこまで認められてこなかった。趣味の分野なのだ。

ただ、他国との国交を行うにあたり、この国の文化である趣味に分類されるものの作品を集めた現代美術館がオープンしたのが数年前。メディアはそこで画家としてデビューし、肖像画や本の挿画、屋内を飾るための家具としての絵ではなく、芸術としての絵を描いて公にしたこの国で初めての芸術画家となった。

インテリアとして部屋を彩り、心地よい空間を作る目的だった絵を、芸術作品として認めさせたのだ。

その功績を持つメディアに婚約を申し込む手紙が一通、ロレアンス伯爵のもとに届いた。

「そんな、馬鹿な……」

ロレアンス伯爵はメディアを愛しており、また、ロレアンス家も特に跡継ぎにも困っておらず、お金にも困っていないし家門の力が弱いということもないことから、娘の結婚を急いでいなかった。

行き遅れと言われていることも、実際にそういう年齢になっても婚約者がいないことも分かってはいたが、彼女には絵があるからと思えばそれでもいい。領地には屋敷の他にも離れがあるし、別荘を一つメディアの物にするのでもいいと思っている。

彼女の絵が他の貴族には受け入れられ難いと知っても、ロレアンス家ではメディアの作品を守り、メディアに絵を描かせ続けた。この位は困難とも思っていない。

しかし、今手元にある婚約の申込書に対処するのは、いかなロレアンス伯爵とて困難であった。

「メディアを……メディアをここに」

執務室に控えていた侍従が、頷いて彼の娘を呼びに行く。今日はアトリエに居ると聞いていたのですぐ来るはずだ。

「いったい、いつ……いや、それは話を聞いてみなければ分かるまい」

娘を待つ間に執務室のテーブルにお茶を用意させる。手洗いの洗面器とタオルもだ。彼女がアトリエにいたのなら、下手をすると手に絵の具がついたままのこともある。

「お父様、メディアです」

「入りなさい」

侍従に扉を開けてもらったメディアが中に入ってくる。長袖のエプロンを着けた状態だが、エプロンは複雑な色をしていた。

絵の具がついてやたらカラフルなのだ。毎回洗っているのは知っているが、それにしても見ているだけで頭が痛くなりそうな色の混ざり具合である。

「どうされました？」

「これだ……いや、まずは手を洗って、それを脱いで、お茶にしよう」

「あ。すみません、すぐ手を洗ってきます」

「そこに用意させている」

「ありがとうございます、お父様」

うっかりしていた、とばかりに自分の両手を見下ろしたメディアは用意の洗面器を使い、脱いで汚れを内側にして畳んだエプロンを侍従に回収させて、ソファに座った。対面にロレアンス伯爵が座り、湯気をたてるお茶を一口飲む。

「ふぅ……さて、メディア。お前に婚約の申し入れがあった」

「あら、まぁ……私の画家という職業を受け入れてくださる方でしたら、はい、前向きにお返事してくださってもいいのですが」

「それは問題ないだろう。ただな……その」

「なんでしょう？」

ロレアンス伯爵はそわそわと指を動かし、片手をこめかみにあててため息を吐いた。

正直、これを断るには相応の理由が必要だが、たぶん断る理由がない。

「王太子殿下からの申し入れだ。……いつ知り合ったんだ？」

「は？」

メディアは目を丸くした。彼女は王妃との親交はあるが、王太子とは夜会で挨拶を交わしたくらいしか覚えがない。

「何かの間違いでは？　私は世間で言われているように行き遅れです。子を生すのには充分間に合う年齢ですが、それでも……」

もっと若い女性の方が血筋のためにはいいのではないだろうか？　メディアははっきりとは言わないが、視線で父親にそう問いかけた。

王太子とメディアに交流などないはずなのだから、妙齢の女性で伯爵以上の家格の者に申し込みをしたにすぎない。と、メディアもロレアンス伯爵も判断した。

しかし、それだけでこの申し入れを断るのは無理がある。

メディアには婚約者はおらず、行き遅れと言われていても適齢で、何の問題もない。家格も充分である。

姿勢よく座っていたメディアは目を伏せてしばし考え、それから意志の強そうな瞳をまっすぐ父親に向けた。

「……分かりました。承諾の返事をお出しください。その際、一度お会いしたい旨の記述もお願いいたします」

「分かった。……さ、お茶を飲んでしまおう。その後、ちゃんと返事を認《したた》めるよ」

「ええ、お願いします」

さすがに、王家の申し込みに『画家としての仕事を認めてくれるか分からないので』と曖昧な返事を出すわけにもいかない。

問題ない、というロレアンス伯爵は、複雑そうな顔で頷き茶器に視線を落とす。

これまで一人娘の好きにさせてきたし、彼女の意志を尊重してきた。守れるところは守っていたが、いよいよ自分の手を離れる時が来た。

過保護にしていたかと言われると疑問だし、甘やかしたつもりはない。実際、メディアは伯爵令嬢として十二分な教養も礼儀作法も社交も身についているし、自分のものにしている。

「いやはや……未来の王妃殿下か」

「ふふ、気が早すぎますわ、お父様」

そこからは、しばし和やかな時間が流れた。

◇◇◇

王宮に初夏の風が吹いている。少し湿り気のある、温度の高い風だ。

雨期が近いことを示しているが、今の所陽射しは少し暑さを感じる程度、空は晴れて雲がまばらに流れている程度だ。

白い渡り廊下を案内の後ろについて楚々と進むのはメディアだった。薄水色の清楚なドレスに、白いレースでできた長手袋を身に着けている。王宮の庭園に吹き込む風は爽やかな花の香りを運んでくるが、そちらをゆっくり散歩する暇はないだろう。

今日は王太子との顔合わせのお茶会だ。返事をしてから一週間、すぐに場は整った。

案内されたのは小さなサロンで、ここも大きな窓を開け放って風を取り込んでいる。

中にいた王太子……フレイ・フォン・クロッカクスは、二十代半ばの年齢で、外交に特に力を発揮しているらしい。海の先の国へ留学し、帰国後の文化交流に於いても大使を務め、隣国の国家反対勢力とのトラブルがありながらも無事切り抜け、それをうまく納めて今日まで文化交流を発展させてきたという。

青みがかった銀髪とアイスブルーにも見えるが角度によっては深い青にも見える瞳をしている。引き締まった体躯は均整がとれており、顔立ちは険しくも美丈夫と呼ぶに相応しいものだ。

切れ長の意志の強そうな目は、サロンに入ってきたメディアを見て驚きに見開かれた。

「あなたが……」

「本日はお時間をとってくださり、心より御礼申し上げます。ロレアンス伯爵が娘、メディアです」

夜会での挨拶は簡潔なものだったので、こうして正式に挨拶をするのは初めてである。

とはいえ、公的な場ではなく私用のサロンであるのは内装からも見てとれるので、スカートを抓《つま》んで淑女の礼をするに留める。

「あぁ、うん……フレイだ。どうぞ、顔をあげてこちらへ」

メディアの礼に少し遅れて王太子フレイは反応すると、すかさずメディアのために椅子を引いた。

席についてからも、フレイは半ば茫然としたようにメディアを見ており、返答が遅れることが続いた。

一国の王太子、しかも外交を担う人間がこの調子で大丈夫なのだろうか、とメディアは思ったが、それを顔に出したりはしない。

「さて……急な婚約の申し込み、戸惑われたことだろう」

「ええ、それは、まぁ……」

雑談でぎこちなさも解けた頃、急に切り出されて曖昧な返答になってしまう。目を伏せて微笑むメディアに、フレイは苦笑を返した。

「うん、実は一目惚れしたのだ。それも、二回」

「は？」

「夜会で挨拶はしたことがあったが、あなたは陽の光の下で見る方が美しいな」

「はい?!」

頬を染めて眩しそうに目を細め、フレイはひたすらメディアを褒める。今度はメディアの方が目を丸くして固まってしまった。

裏も何もなく真正面からこのように口説かれたことがないメディアは、照れて顔の横に流した髪に指を絡める。無意識の仕草だった。

「無論、婚約者候補として最初から考えてはいた。それは主に条件をもってしてという意味で、あなたのことを初めて知ったのは……現代美術館の創設を記念した夜会だ」

「あぁ……そうですね、それまでは留学されておりましたし、お会いすることはございませんでした」

「そしてその夜会で……私は、あなたに一目惚れをした」

「はぁ……」

ここで明瞭な返事ができる程の情報が、メディアにはなかった。

その時どんな話をしたかと思い返してみたが、特別なことはなかったように思う。

ただ、ミモザと一緒にいたところ、フレイからの声掛けがあったことは覚えている。

「私は、パーシヴァルと幼馴染、のような関係だ。それで細君とも面識があった。まぁ、多少の迷惑をかけたことがある」

それは知らなかった、とメディアは目を瞬かせた。あの時も終始和やかで、ミモザからも王太子の話を聞いたことがない。

王族が気不味そうに「迷惑をかけた」なんて言うのだから、きっとミモザにとっては何かしら大事件だったのではないだろうか。

それを親友である自分にも言わないところに感心もするし、何も知らないのを少しだけ寂しく思うが、実際メディアが当時ミモザに起こったことを聞いたら婚約は撥ねつけていた可能性がある。ミモザなりに決着をつけたにしても、結婚しているのに愛妾に、と声を掛けられるのなんて屈辱的なことだ。

「それで、あの日も彼女を見かけて声を掛けに行き……君を見て、雷に打たれた心地だった」

「まぁ……、あの、ありがとうございます、そのように言っていただけるのが初めてで……うまく言葉にできませんが、嬉しく思います」

「あぁ……、だが、これは二度目の一目惚れなんだ」

「そういえば、先程も二度、と仰いましたね」

フレイは深く頷き、まっすぐにメディアの目を見つめた。

「現代美術館に出向き、あなたの絵に圧倒された。その場にあったのは絵だというのに、床を踏んでいた靴は土を踏むように沈んだように感じられ、鼻には様々な香りが届き、絵の中に迷い込んだかのように私はあの場に立ち尽くした。……それだけ、深くあの絵……多種多様な花を描いたあれだ。あれに、魅入られた」

かつて、未完のまま自宅のギャラリーに飾っていたもの。まだ花開かない、自分たちを思って描いたもの。

現代美術館が開かれるとなった時、これはいよいよ花開く時が来たのだ、と思って全て開花させた。それを美術館に収めたのだ。

「あなたの作品はどれも力強かった。かならず、私の心に訴えるものがあった。感情を、記憶を揺さぶられた。……その後、夜会で出会ったあなたがこのように美しく凛とした一輪の花のようで、私は夢中になった」

「まぁ……でも、殿下。それこそ、もう数年たっております」

「分かっている。私が外交に重きを置いていたために、婚約を申し入れられなかったのだ」

これには、語る以上の事情があるのだろう、とメディアは目礼して納得を示す。

「それもちゃんと片がついた。事前にあなたに愛を乞い、結婚の打診をするべきだったのだが、性急に事を進めてしまってすまない。その……目の前で他の男に掻っ攫われたら困ると思ってしまった」

「それは、かまいません。……私は結婚後も絵を描きます。それは認めてくださるでしょうか？」

「もちろんだ。あなたは国を代表する画家でもある。その才を、今後も発揮してほしい」

フレイの言葉には力強さがあった。心底そう思っているという、率直で簡潔な言葉。

それを楽しみにしている、と言わんばかりの穏やかな微笑み。瞳に浮かぶ、賞賛の光。

メディアはまっすぐ自分を見て、作品に一目惚れしたと語ったフレイに、胸がぎゅっと締め付けられる感覚を覚える。

そう、これはときめきというものではないだろうか、と。

「フレイ殿下……、私に求婚してくださったのが、フレイ殿下で、よかった」

感極まって微笑んだメディアの顔は仄かに桃色に染まり、瞳には感動で涙が浮かび上がった。

まっすぐな賞賛をもって、結婚する理由の一つに自分の描いた絵があること。メディアにとって
……半ば意地のように、絵を描き続けた一人の貴族女性にとって、こんなに嬉しいことはない。

それこそ、花が綻ぶような笑顔をフレイに向けた。

「メディア嬢……！　その、なんだ……」

美しい人の無垢な笑顔に鼓動が速くなったフレイは言葉につまり、立ち上がってメディアの傍に跪く。

片手を上向けて、下からメディアを見上げた。

「……どうか、私と結婚して欲しい。あなたに魅入られた一人の男として、あなたに愛を誓う」

「喜んで結婚いたします、フレイ殿下。……あなたのことを、知りたいと思っています」

「あぁ、これから知り合おう。ゆっくり、とは言えないが」

フレイの手に、メディアの手がそっと載せられる。

それを大事そうに引き寄せたフレイが、メディアの手に唇を寄せた。

「どんなあなたでも、愛する自信がある」

不敵に笑って見上げたフレイの視線に、メディアは先程の感動とは別の、心臓がぎゅっと掴まれるような感覚に陥った。

こうして、王太子であるフレイ・フォン・クロッカクスと伯爵令嬢のメディア・ロレアンスは婚約した。

この盛大な恋愛結婚は、瞬く間に王都中に広がり、祝福される。

結婚式が約一年後の春に決まったが、王族の結婚としては婚約成立から異例なほどの速さだった。

◇◇◇

快晴だった。

春の空は青が濃く、それでいて鮮やかでもある。雲一つない晴れに、白い大聖堂が陽の光を受けて輝いていた。

王都の至る所に花が飾られ、下町も祭りのような賑やかさだ。今日を祝って、王から国中に銀貨が配られた。特別に発行された記念硬貨で、使いたい者は使えばいいし、記念にとっておきたい者はとっておける。

銀のスプーンは飢えない象徴として海の向こうの国では赤子に贈られる。銀のスプーンは馴染みのない文化なので硬貨がよいだろう、ということで取り入れられた祝い金だった。

外交に力を入れ、文化交流の手を拡大させている王太子に相応しい大盤振る舞いだ。

国民は沸いた。王太子の結婚という一大イベントに、祝い金。誰もがこの結婚を歓迎している、そんな笑顔が都中に溢れている。

「ミモザ様……、私、いよいよ結婚するのですね」

「そうですよ、メディア様。あぁ、とっても……とってもお綺麗です！」

その笑顔の中心地、大聖堂の控室で、メディアは真っ白なウェディングドレスに身を包み、ドレスと同じくらい顔を真っ白にしていた。

いかなメディアとて、今日この日ばかりは緊張するのではないか、と思ってメディアを訪ねたミモザの判断は正解だと言えよう。

顔を蒼白にしながらも、メディアは美しかった。

夜空を思わせる濃い藍色の髪はたっぷりの長さを活かして複雑に結い上げられ、そこに星を散らすように、宝石の付いた髪飾りが細かく刺されている。レース編みの名人として、作品作りの傍ら教室もひらいているフローラの作品のヴェールは、最高傑作の出来だ。

細く頼りなさそうな糸を使って複雑に編まれたレースのヴェールは大きく、メディアの半身を覆い隠すのに、光に透けて美しさを際立たせている。今は顔の前のヴェールは持ち上げられて、白い衣装と白い肌に映える青い化粧の施された顔が見えていた。

睫毛にも光るラメがのせられているのか、目の周りがいっそう華やかになっている。

アメジストのような瞳を縁取るアイスブルーのシャドウを、紺色のアイラインで引き締めているようだ。

唇に仄かに載せられた色は薄桃色。きっともっと赤い色では、彼女の印象をキツくしてしまうということだろう。

ウェディングドレスと清楚な印象の化粧が白い睡蓮を思わせる容姿を引き締め、まるで静謐な水際に立つ水の女神のようだ。

「そんなお顔をなさらないで、メディア様。何がそんなに怖いんですの？」

ミモザは母になって強くなった。その一つが、躊躇わなくなったことだ。

メディアの白い手袋の手を両手で握り、微笑みながら顔を覗き込む。握った手は、冷たく、小刻みに震えていた。

強張っていた花嫁の顔が、狼狽えたように揺らいで、視線がずれてからミモザの瞳に戻ってきた。

「……ひとりで、生きていくと思っていたの。だから、随分自分勝手にしてきたわ」

「はい」

「でも、これからは私、国のために尽くさなければと思うと……結婚式が済んだら、それを国中の人が知るのだと思うと」

たしかにそこまで思い詰めていたら顔も青くなるでしょうね、とミモザは心の中で答えながら、微笑んで頷いた。

「では、メディア様。質問なのですが」

「な、なにかしら？」

「メディア様は、王太子妃になられたら、どんなお仕事をなさるんですか？」

メディアはびっくりして目を丸くした。それは、話せる部分を散々ミモザに相談してきたことだ。知らないはずがない。

目の前の彼女も知っていて聞いているのだと、その緑の目を見つめて理解すると、少しずつ思い浮かべる。

「国益に尽くし、国民性を重んじて芸術を愛し、王太子を支えられるよう研鑽を続け、社交の場に立つ……」

細かな仕事は数え切れないが、おおまかにメディアがすべきだと理解したのはこの内容だ。約一年、婚約者として学び、意識を向けた事柄だ。

「そうですね。できそうですか？」

「できます」

目元を和らげ、優しい声で紡がれたミモザの穏やかな問いに、メディアは意識せずとも即答する。

答えた自分にびっくりしたのか、メディアが一瞬瞠目し、それからミモザと顔を見合わせて少女のように笑った。

「ふふ、ミモザ様。とても敵わなくなってきましたわ」

「あら、私の見本はお義母様ですもの。まだまだです」

「それは確かに、まだまだですわね」

軽口の応酬で緊張がほどけていく。指先に体温と感覚が戻り、メディアの手は震えなくなった。

「古いものは、王室に受け継がれているこのティアラ。新しいものは、今日のためにデザインされた靴。きっとこのヴェールは借りたものでしょう？　一度きりの出番なんてもったいない出来ですもの」

「ええ、そうなの。このヴェール、婚約してすぐから編んでくれたそうなのよ」

「狙っていらしたのね。さすがフローラ様だわ」

最初は、物作りが好きな若い女性の集まりだった。今ではそれぞれの技術と研鑽、作品が認められた存在になっている。

それでもまだ先に人はいて、目標にすべき何かは散らばっている。

花開いたとは思うが、その花が満開になるのは、一体いつなのか自分たちでも分かっていない。

それが楽しいとメディアもミモザも思っていた。

「そして、これが私からメディア様への、青いものです」

ミモザは控えていたルーシアから箱を受け取ると、細長い、アイスブルーの薄絹を取り出した。

銀糸で細やかな刺繍が走り、ちりばめて縫い付けられた小さなブルートルマリンが光を吸い込んでは呼吸するように放っている。

長く薄いリボンは、それだけで豪奢な装飾品である。ミモザの刺繍作品においても、これは完成度が段違いの、これまた最高傑作と言える出来だ。

それを、メディアが持つ薄青と白のブーケにミモザ自ら跪いて結ぶ。

綺麗に結われたリボンは衣装と共に広がるように流れていく。

「……なんて綺麗」

茫然と呟くメディアを、体を起こしたミモザは慎重に、そっと抱きしめた。ほとんど触れるか触れないかの抱擁。

「メディア様、……お幸せに」

「ありがとう、ミモザ様。……幸せになるし、幸せにするわ」

「メディア様ならできます」

そうして体を離し、しっかりと目をみて頷き合った。

ミモザが先に大聖堂に戻っていく。

メディアは、贈られた青いリボンを一度そっと撫でた。そう、ミモザの結婚式に、メディアが貸したのは金色のリボンだった。

控室の扉がノックされる。介添人に手伝ってもらいながら、メディアは大聖堂前の扉に向かう。

そこに待っていたロレアンス伯爵の腕に手をおく。ずっと自分を守ってくれていた父親に万感の感謝を籠めて微笑むと、彼の目に光るものがあったように見えたが、見なかったふりをした。

「新婦、入場！」

高らかな宣言と共に、両開きの扉が大きく開く。

メディアは、躊躇わずに足を踏み出した。

目の前には、様々な色彩に輝く未来が待っている。

あとがき

『美人の姉が嫌がったので、どう見ても姿絵が白豚の次期伯爵に嫁ぎましたところ』三巻をお手に取ってくださり、本当にありがとうございます。

　これにてミモザとパーシヴァルの物語は完結いたしました。本当に、本当にここまで書いてこれてよかった……。

　最後まで書ききれたのも、全てはいろんな方々に支えていただけたからです。

　イラストレーターの結川カズノ先生、担当のOさん。ＷＥＢで読んでくださった読者の方々、そして、この本を手に取ってくださったあなたに。心より御礼申し上げます。

　卑屈で気弱でひきこもりな女の子が愛されて変わる話を、と思っていた気がするんですが、もう書き始めた時の気持ちって思いだせないです。日記をつけておくべきでした。

　書きたいことは物語の中に全部書いた、と思うのですが、いかんせん振り返ろうとすると無限にできてしまいそうなのが怖い……それだけ思い入れがあると言えばその通りです。

　担当さんに「長年の友人のおめでたのような気分になった」と言っていただけたのも、すごく嬉

しかったです。ミモザのことを長年の友人！　そう思って貰えたならば作者冥利につきますし、何よりすごくすとんときた表現でした。

ミモザやパーシヴァル、他のキャラクターに対しても、私もそんな気持ちでいます。長年の友人。週末にでも誘い合わせてバーベキューとかあるんじゃないかな？　と思ってしまうのですがさすがにそれはないとして。

ほんの数年の付き合いのはずなのですが、傍でずっと見てきた、と言いたくなる友人の物語だったのかもしれません。ミモザの悩みごとならゆっくり聞きたいです。でもそれは、きっとメディアやお義母様の役割なので、私はここで手を引きましょう。幸せに過ごしてね。

この話を書いていく上で色々と勉強させていただいたのですが、特にミモザに関しては「自助」というのをいつも自分に言い聞かせて書いていました。自分で自分を助けるというあれです。「西国立志編」がベストセラーのあれです。

結果的にパーシヴァルやお義母様やメディアが助けてくれたけれど、ミモザはいつも自分で向き合ってきました。

最初はメディアに、次にカサブランカに。それによって訪れた自分の実家の離散にも、向き合ったからこそ悩んで引きこもってしまった。手芸店の店主にも、二巻では王妃様に、王太子に、パーシヴァルの騎士という職業に。

三巻は読んでいただいた通り、自分の作品作り、パーシヴァルとの子供の問題、そしてシャルティ家の歴史、伝統……向き合うものは、この先の人生でもいっぱいあります。

自分で向き合って答えを見つけようと努力していましたが、たぶん、特別なことはしませんでした。

天才的なひらめきの輝きも、一点の染みもないまっさらな心もありません。ミモザって、卑屈で気弱でひきこもりになってしまう普通の女の子なので。

でも、ずっと自分を助ける努力をしています。努力ってこう、限界まで頑張ったりとか、成果を出したりとかを伴いそうですけど、ミモザが自分で自分を追い込み過ぎて苦しめることはなかったと思います。

自分でできることをする。考えるのをやめない。途中で学んだ、周りに頼るということ。

ミモザの努力はこれに尽きます。自分を助け、自分で前に進もうとする努力。難しいことはあんまりしてないです。

ご都合主義は多分に含まれますが、私はミモザのこの平凡な部分が愛しいです。平凡ですが、ちゃんと自分で考えて頑張ってきたことが。この先も頑張るだろうし逃げるだろうし、それでも向き合うんだろうなというところを信頼しています。

長らくこのお話を読んでくださり、本当にありがとうございました。

今度はまた、別のお話でお目にかかれることを、心より願って。

挿絵を担当させて頂きました結川です。
今回の後書きは2巻に登場した王太子さんを勝手に引っ張ってきました。パーシー＆ミモザ達家族とどんな交流になるのでしょうか。
真波先生、完結お疲れ様でした！そして読者の皆様、この物語にほんの少しでも華を添える役割ができていましたら幸いです。ありがとうございました！

結川カズノ

「美人の姉が嫌がったので、どう見ても姿絵が
白豚の次期伯爵に嫁ぎましたところ」
コミカライズの作画を担当する明菜です。
私にできうる限り精一杯描かせて頂きたいと
思います！コミカライズもどうぞよろしくお願い
いたします！

悪役令嬢は
溺愛ルートに入りました!?

シリーズ累計40万部突破！

STORY
乙女ゲームの悪役令嬢に転生したルチアーナ。「生まれ変わったら、モテモテの人生がいいなぁ」なんて妄想していたけれど…。

決めた！　断罪イベントを避けるため、恋愛攻略対象は全員回避で、今世もおとなしく過ごします！　なのに、待って。どうしてみんな寄ってくるの？

おまけに私が世界で一人だけの『世界樹《ユグドラシル》の魔法使い』!?

いえいえ、私は絶対にそんな貴重な存在ではありませんから！　もちろん溺愛ルートなんてのも、ありませんからね――!?

SQEXノベル

美人の姉が嫌がったので、どう見ても姿絵が白豚の次期伯爵に嫁ぎましたところ　3

～幸せの未来予想図～

著者

真波潜

イラストレーター

結川カズノ

2023年5月6日　初版発行

発行人

松浦克義

発行所

株式会社スクウェア・エニックス

〒160−8430
東京都新宿区新宿6−27−30　新宿イーストサイドスクエア
（お問い合わせ）スクウェア・エニックス　サポートセンター
https://sqex.to/PUB

印刷所

中央精版印刷株式会社

担当編集

大友摩希子

装幀

冨永尚弘（木村デザイン・ラボ）

ISBN978-4-7575-8562-1　C0093

Printed in Japan

My Happy
Future Plan